Se me olvidó decirte

Héctor Forero López

Colección
Letras Abiertas

Se me olvidó decirte

Héctor Forero López

Colección
Letras Abiertas

Se me olvidó decirte
©2009 Héctor Forero López.

De esta edición:
©D.R., 2009, Ediciones Felou, S.A. de C.V.
Juan Escutia 45-6, Col. Condesa
06140, México, D.F.
sabermas@felou.com
www.felou.com

Diseño de cubierta: Andrés Alvarado
Diseño e interiores: Jorge Romero

ISBN: 978-607-7757-07-8

Impreso en México

Si aceptáramos que estamos en este mundo para ser felices, disfrutaríamos más cada momento, cada atardecer, cada sonrisa, la mirada de los seres que amamos, sus abrazos, su cariño... Sólo si aceptáramos que venimos a ser felices arrancaríamos para siempre de nuestro ser al más grande de todos nuestros enemigos, que como un demonio furioso, tanto daño nos hace y tanta vida nos quita: EL MIEDO.

A Antonio, mi padre, quien con su alma silenciosa siempre me ha dicho que me ama. Gracias por seguir en nuestro hogar aunque aún permanezcas en silencio.

A María, en todas sus advocaciones y especialmente en la de Nuestra Señora de Guadalupe, y por supuesto a ti, que has elegido tener este libro en tu casa y compartir tu tiempo conmigo.

¿Recuerdas qué sentías cuando apenas tenías unos cuantos años y comenzaba a llover fuertemente? Era tan fuerte que los truenos y relámpagos hacían presagiar el fin del mundo y te obligaban a buscar refugio en alguna parte de la casa. ¿Te acuerdas de la lluvia pegando en la ventana inundando el jardín y mojando el mundo?... Sin embargo, eso que pareció tan trascendental ya no existe y sólo habita en tu mente como un recuerdo. La vida es así, segundo a segundo se va... Nada dura para siempre y aún así, en ocasiones, la dejamos ir sin darnos cuenta.

QUIERO QUE RECIBAS UN ABRAZO INMENSO, toda mi gratitud y por supuesto mi cariño. Mi deseo es que este libro te guste y te sirva, y que mientras lo leas la pasemos bien, y después, recuerdes lo que aquí has encontrado para que cuando venga la tormenta no tengas miedo y nadie ni nada te haga sufrir.

Al comenzar a escribir este tipo de libros y dar charlas sobre temas de autoayuda me cuestioné mucho y le pregunté a Dios molesto por qué me había dejado meter en algo que a primera vista me parecía muy complejo. Aunque yo no quería, a diario salía de mi casa a reunirme con gente de todos los estratos y todas las formas de pensar. Pelee tanto que llegué a amargarme, y cada vez que tenía que ir a cumplir estas citas entraba en unos conflictos indescriptibles conmigo mismo y con Él. Al final terminaba haciéndolo obligado, hasta que un día me enfermé por estrés como respuesta de mi cuerpo a algo que mi ser no quería hacer. En uno de mis oídos se desarrolló un virus que me paralizó media cara, me afectó el sistema auditivo y por tanto el equilibrio. Terminé en un hospital sometido a la tortura de las inyecciones, de las medicinas y de todo lo que implicaba el tratamiento de una enfermedad. Allí, totalmente afectado por el mareo que me generaba la falta de equilibrio decidí hablar con Dios para pedirle que acláraramos las cosas. Si bien yo no quería promocionar los libros ni dar las charlas, sí me había dado cuenta que la gente me recibía muy bien y quedaban contentos con lo que hablábamos y con el libro. Entonces el pacto fue: "Sácame de aquí, ayúdame a recuperar mi equilibrio, el movimiento de mi cara, permíteme escribir mis libretos para televisión y yo te prometo que no protestaré más al cumplir la misión que quieres que cumpla. Iré a donde me toque ir y hablaré con quien me toque hablar".

Al poco tiempo comenzó mi recuperación y mi actitud frente a este trabajo cambió. Entendí que mi misión no era decir cosas nuevas, sino recordar lo que la gente ya sabía pero tenía olvidado. Sin embargo, en mis silencios le seguía preguntando a Dios por qué me había escogido para cumplir esta misión y un día, después de dormir un rato en el carro, me desperté convencido de que Él me había contestado para decirme que no me había escogido para esa misión. Me quedé con esa idea dando vueltas en mi mente por un tiempo hasta que un día buscando entre unos libros viejos me encontré con un cuaderno del colegio. Allí descubrí que a los trece o catorce años yo había escrito sobre querer ir por el mundo hablándole a la gente de los sueños, de la felicidad, de una vida mejor y de la magia del universo porque desde siempre he creído en la magia del universo. La respuesta del sueño era verdad, a mí no me habían escogido para cumplir esa misión, yo lo había decidido y ahora estaba viviendo la realización de ese deseo. Dios sólo me estaba ayudando.

Me enfrenté a un nuevo dilema. Si la elección había sido mía podía elegir no continuar haciéndolo y tuve la intención de renunciar. No lo hice. Sólo tuve que aceptar que mi deseo ahora se estaba haciendo realidad como muchas otras cosas que a veces pedimos sin darnos cuenta y fue ahí cuando empecé a disfrutar lo que hacía.

Te he contado esto porque quiero que tengas claro que si tú no eliges hacer los cambios que creas necesitar en tu vida nadie los va a hacer por ti y este libro sólo te servirá para pasar un buen rato. He tenido la suerte de cruzarme con todo tipo de personas en esta vida y estrechar sus manos con infinito cariño. Cada ser es un universo y lo único que busca es ser feliz. Puede que a la gente le estés dando una imagen de lo que no eres, puede ser que estés viviendo una vida que no quieres vivir o que estés permitiendo que hagan contigo cosas que te duelen. Quizá la tortura venga de tus propias manos porque consideras que debes sufrir o no te tienes el suficiente amor para tratarte con cariño. Todos tenemos secretos y a veces no nos sentimos seguros con las personas que nos rodean, pero hay cosas que tenemos que sacar, que no podemos seguir guardando en nuestro interior, así como hay otras que asumir y vivir. Esto lo he aprendido al reunirme con tanta gente y ver cómo llevan sobre sus hombros cargas de sufrimiento generados por pensamientos que no han elaborado y cosas de sus vidas que no han podido aceptar, porque de cualquier modo, un recuerdo negativo, una tristeza, una condición social, económica, física, sicológica o sexual no asumidas y aceptadas, se convierten en problemas mentales que pesan toneladas y terminan aplastándonos o envenenándonos. Parece increíble ver cómo hay gente que termina sacrificando su vida porque no son capaces de asumir una verdad que llevan escondida en su interior. Este libro busca que trates de liberar todo lo que tengas guardado y que aprendas a tomar las decisiones correctas para tu vida. Recuerda que eres libre para ponerlas en práctica o para hacerlas a un lado: es tu elección.

La historia de Pablo

"Todos conocemos la verdad y el sentido de nuestra vida, todos conocemos el camino y sabemos caminar."

PABLO HABÍA ESCUCHADO DECIR QUE SI UNO DESEA ALGO CON FUERZA, LO CONSIGUE. Él deseaba morirse y lo deseaba con todas las fuerzas de su alma desde un día que estando en el salón de clases en medio de sus compañeros, la coordinadora académica asomó su rostro a través de la puerta y le pidió al maestro de turno que lo dejara salir un momento para ir a su oficina. En la oficina estaban el director de grupo, la rectora, el psicólogo y la coordinadora. Algo grave había pasado, se imaginó él, algo que había estado sospechando desde que salió de su casa en la mañana. Al ver reunidas a aquellas personas a Pablo le temblaron las piernas como nos tiemblan a todos frente a las cosas que consideramos inevitables y trágicas, y quizá porque muchas veces, cuando nos espera una noticia o una conversación importante con alguien, damos por sentado que se trata de algo terrible y el miedo se apodera de nosotros.

El psicólogo tomó la palabra y habló, habló y habló sin decir nada. Buscaba darle vueltas al problema para hacerlo más llevadero, olvidando que las cosas son como son y duelen más cuando las disfrazamos buscando que se sientan menos.

Pablo era un muchacho que acababa de cumplir dieciséis años, de estatura media, cabello negro, piel blanquísima y mirada cálida. No era el líder del colegio, ni el más inteligente, era simplemente un muchacho normal como cualquier otro. Pero ese día, al ver su imagen reflejada en el cristal de la oficina, se vio minimizado, indefenso y angustiado.

En medio de aquellas personas conocedoras de la verdad su corazón saltaba sin control, la respiración parecía no fluir y sentía un inmenso vacío en el pecho presagiando una tragedia que al final lo hizo llorar. En el fondo de sí trató de tranquilizarse diciéndose que cualquier cosa que hubiera ocurrido tendría solución. Para eso estaba Josué, su padre, quien siempre permanecía a su lado, apoyándolo para superar hasta el más difícil de los obstáculos. Se imaginó que quizá le habría ocurrido algo a su madre o a sus hermanas, pero trataba de tranquilizarse repitiéndose que cualquier cosa que hubiera pasado tendría solución, como se lo decía Josué cada vez que tenían problemas.

El psicólogo le habló de la importancia de la vida, de ser fuerte, de aferrarse a los sueños y hasta de la posibilidad de convertirse en un bastón para su familia, pero no le decía nada concreto sobre lo que había ocurrido. De repente escuchó una frase que no tenía cabida dentro de todo el discurso de las directivas.

Lo que sucede es que Josué, tu padre, tuvo un serio accidente en su carro y está gravemente herido.

Pablo comenzó a correr a toda velocidad, atravesó los pasillos del colegio, las calles, las avenidas y los puentes que separaban aquel lugar de la clínica donde creía que lo habían llevado. El trayecto era largo, pero para Pablo resultó ser cuestión de unos cuantos pasos. Casi voló para llegar hasta allí y en su mente se hizo mil ideas a la par que rezaba para que Josué estuviera a salvo. Algo dentro de sí le decía que si él llegaba y le tomaba su mano alcanzaría a salvarlo.

Al llegar a la clínica nadie le dio razón sobre su padre. En medio de la desesperación gritó y peleó para que lo ayudaran pero nadie lo hizo porque no lo habían llevado a aquel lugar. La mente de Pablo parecía una pantalla de cine enloquecida, rodando y rodando imágenes de una relación maravillosa que ahora estaba en riesgo. Pablo llamó a su casa buscando más información y esa fue la estocada final, pues quien contestó le dijo toda la verdad. Josué había muerto, había muerto sin importar los planes que tenían para cuando él fuera adulto, había muerto sin importar el millón de veces que le imploró a Dios para que no lo dejara morir, había muerto sin importar que era parte de la vida de Pablo.

En el centro de su pecho se abrió un hueco negro que comenzó a impedir el funcionamiento normal de su cuerpo. El aire le faltaba, el estómago se alteró, sus hombros se tensionaban enredándose y formando nudos dolorosos, la garganta perdió sus movimientos y algo ocurrió con sus ojos pues veían diferente. El cielo, el sol, las nubes, las calles, las casas y la gente parecían haber tomado el color amarillo, opaco y pálido de la tristeza.

Desde ese día su vida cambió, se volvió un muchacho silencioso que sólo deseaba morir. María, su madre, intentaba ser fuerte y ayudarlo, pero él no quería escucharla, tampoco quería escuchar el llanto de sus hermanas. Se volvió irascible y en sus palabras la amargura se hizo notar. No volvió al colegio ni a frecuentar a sus amigos. Se dedicaba a caminar y caminar hasta que el día terminaba y regresaba a su casa para dormirse profundamente hasta el día siguiente. Ya no tenía sentido ser juicioso si todo había sido una falsedad. Cuántas veces le habían dicho que a la gente juiciosa le va bien, y sin embargo, lo que estaba pasando en su vida era terrible, un castigo ejemplar para el peor de los humanos. Mientras caminaba se miraba la punta de los zapatos y así echaba a volar su imaginación, llegaba a un punto en su mente en donde podía hablar con su padre. Allí discutían muchos asuntos y terminaba en un alegato silencioso que a veces no podía controlar. Pablo se volvió como aquellas personas que van por la calle moviendo la boca como si hablaran solas. Un día le juró que no le perdonaría el haberse ido, fue a un templo y le juró a Dios que a él tampoco le perdonaría haberle quitado al ser que más amaba. Según Pablo, los dos lo habían traicionado.

Los días fueron pasando y Pablo fue cambiando con ellos hasta parecer otro. La tristeza lo había transfigurado y aunque su madre y su familia trataban de hacerlo reaccionar comenzó a empeorar y a fortalecer en su mente el deseo de morir.

Llevaba varios días sin ir a su casa, sin importarle que María y sus hermanas estuvieran enloqueciendo, total, no tenía tiempo para pensar en ellas porque sólo pensaba en la manera en que pondría fin a sus días. Analizó todas las alternativas, podría tomar un veneno, arrojarse desde un edificio o tirarse a las ruedas de un carro, pero todas estas eran cosas comunes y él quería hacer algo que llamara la atención de la gente, porque había escrito una carta en donde culpaba a su padre y a Dios por traidores. Tal vez al morir, la gente dejaría de creer en Dios y lo señalaría de ser el gran culpable de las tragedias humanas, y a su padre lo atormentarían juzgándolo de manera que no tuviera paz en el lugar donde se encontrara.

Eran poco menos de las seis de la tarde, una hora de mucha congestión en la ciudad. Estaban cayendo las primeras gotas de un fuerte aguacero y la visibilidad se hacía difícil. Pablo se angustió al escuchar los truenos de la tormenta que comenzaba a caer y para guarecerse de la lluvia buscó la manera de pasar corriendo un puente en construcción que le quedaba cerca pero no pudo llegar hasta allí. De repente escuchó el sonido fuerte del claxon de un carro y el frenar de las llantas que ensordeció sus oídos. Lo demás fue caos y confusión frente a sus ojos, el mundo giró y no supo más de nada, ni siquiera dónde estaba.

El conductor del vehículo no alcanzó a frenar. Atropelló a Pablo haciéndolo volar varios metros y caer contra el pavimento donde otro carro lo golpeó y lo arrastró hasta que logró pararse. Pablo yacía en el suelo hecho pedazos. Estaba muerto y alcanzó a escuchar esto de boca de los curiosos que se acercaron en ese momento. Está muerto, tal como lo había pedido. Ya no escuchó más...

Estaba muerto, su deseo se había cumplido antes de lo previsto.

"¿Alguien sabe a dónde vamos al morir?", preguntó un maestro a su pequeño alumno de siete años. "No maestro, nadie lo sabe". Y luego de mirarlo por unos segundos, con una sonrisa pícara agregó: "pero si quiere me lo invento". A los pocos días le dijo a sus compañeros: "Ya sé a dónde vamos al morir" Todos lo miraron sorprendidos. "Vamos a un lugar muy lindo y lo mejor de todo es que hay hadas". Y desde ese día, todos los niños creyeron que si morían irían a un lugar muy lindo lleno de hadas, un lugar donde todo sería mágico y todo estaría bien".

TODO SE QUEDÓ EN SILENCIO Y SE OSCURECIÓ POR UN MOMENTO O UN SIGLO; él no sabía que era realmente. Estaba muerto, pensó. Pero, ¿qué era estar muerto? No encontró respuesta porque estar muerto era como estar vivo. ¿Pero dónde estaba? No lo sabía, pues no veía nada, no escuchaba nada, sólo sentía el infinito hueco en medio de su pecho, el mismo que se abrió el día que le dijeron que su padre acababa de morir; simplemente estaba ahí. Pasó el tiempo y él seguía allí, comenzó a desesperarse y a sentir que necesitaba saber qué pasaba. Quería hablar con alguien pero no había nadie, quería ver la luz pero todo era oscuro. Quiso caminar pero sentía que no tenía piernas, ni cuerpo... ¿Dónde estaba su cuerpo? No lo sabía, sin embargo, el hueco en medio de su pecho lo desesperaba. Pero ¿cómo podía sentir ese hueco si no tenía cuerpo y mucho menos pecho? De manera que ese hueco no estaba en su cuerpo sino en él, y él era como el viento. Y al pensar esto el hueco se hizo más fuerte y la sensación que antes se distribuía por su garganta, por sus piernas y por su estómago, se convirtió en algo real y absolutamente torturante. No quería sentir eso. Comenzó a gritar pero sus gritos no se escuchaban, quizá porque estaba en un espacio tan infinito que su voz era nada. No podía llorar, pese a que pensó que llorando quizá se saldría ese dolor. Se tuvo que resignar a gritar, porque simplemente sentía y lo que sentía era terrible.

Una luz pequeñita apareció frente a sus ojos. Era una luz juguetona y se sintió feliz al creer que alguien había venido a rescatarlo. La luz iba de un lado a otro y de repente comenzó a indicarle un camino. Pablo quiso seguir ese camino, pero se estrelló fuertemente contra una pared que no veía porque todo era oscuridad. La luz, que parecía tener ojos, lo miró por unos instantes, y en esos ojos que el adivinó se vio algo de tristeza. De repente la luz dejó caer una lágrima y lloró; él no podía llorar. La luz lloró tanto que se desintegró en sus lágrimas hasta desaparecer. Angustiado por quedarse nuevamente solo Pablo gritaba como nunca antes había gritado, y sufría tanto como nunca había sufrido. Estaba detenido en el tiempo, en un tiempo infinito, en un dolor infinito. Maldijo su suerte, maldijo todo lo que había ocurrido y se maldijo a sí mismo porque no entendía cómo había llegado a ese lugar que no tenía comparación con nada, quizá porque no era un lugar, sino una sensación, o un extraño espacio que no podía definir. Se acordó que cuando pensaba en suicidarse tenía la total certeza de que morir sería como quedarse dormido. No enfrentarse a nada, no tener que levantarse, no tener que pensar, no tener que sufrir, no tener que hacer nada, pero lo que estaba experimentando era terriblemente diferente a estar dormido y lo peor, ese hueco en medio de su pecho seguía ahí presente. Estaba muerto pero su dolor seguía vivo y más fuerte que antes.

La tortura duró mucho tiempo, no sabía cuánto, pero era un tiempo infinito que no se podía medir y un dolor tan grande que resultaba casi imposible imaginar que fuera real. El dolor que sentía convertía en infinito el tiempo que vivía. De repente recordó a Josué pero se sintió traicionado nuevamente. Josué debería estar en ese lugar esperándolo. ¿Acaso no estaba muerto también? Se llenó de rabia y odio contra su padre. ¿Cómo era posible que se hubiera olvidado tanto de él, cómo era posible que no hubiera venido a su encuentro?

Intentó guardar silencio pero no podía quedarse callado, porque aunque no tenía boca discutía consigo mismo y aunque no tenía manos golpeaba ese espacio infinito que le rodeaba.

No podía dejar de pensar en su padre hasta que recordó alguna de sus enseñanzas: *"Cuando los problemas son muy grandes uno se debe encerrar en su cuarto, cerrar los ojos y rezar."* Pablo sintió rabia, porque siendo tan pocas las cosas que podía recordar, retrataba algo que parecía inservible: orar.

Sin embargo, fue tal su desesperación que optó por orar, pero al querer comenzar su oración se dio cuenta que ya no sabía hacerlo. ¿Qué era orar? No se pudo responder. Sólo tenía claro que debía ser una de esas reglas absurdas para la vida que aplicaba su padre y que él no aplicaría, pues si hubieran servido de algo su padre estaría vivo y a su lado.

Mientras el tiempo pasaba y seguía enloqueciendo en aquel lugar optó por guardar silencio para pensar pero no lo lograba, pues tenía muchas ideas sueltas en la cabeza y estas se enredaban generando un ruido incontrolable que no le permitía sacar una sola idea en claro. Era como si miles de personas hablaran al mismo tiempo dentro de él y otras tantas a su alrededor. No lograba un minuto de silencio.

En un momento de desesperación y buscando controlar el ruido en su mente, gritó: ¡silencio!, y en medio de su enojo repitió varias veces: silencio, silencio, silencio, y siguió repitiendo la misma frase con más insistencia cuando se dio cuenta que las voces se iban callando. Al final no había ni una sola voz. Todo estaba en silencio y por primera vez desde que comenzó esta tortura se sintió calmado.

Sorprendido por lo que había ocurrido pensó que alguna magia tendría repetir el nombre de lo que deseaba con tanta fuerza hasta que se iba convirtiendo en una realidad. ¿Eso sería orar?

De ahora en adelante pensaría en lo que necesitaba y repetiría esa palabra hasta que eso que tanto anhelaba apareciera en su vida.

Comenzó a pensar que era lo que más necesitaba en aquel lugar, y al ver todo tan oscuro vino a su mente la palabra luz y repitió luz hasta que la oscuridad fue desapareciendo para dar paso a una luz resplandeciente. Ya eran dos cosas, silencio y luz. Ahora todo era luminoso. No había nada o por lo menos él no veía nada, sin embargo, si intentaba levantarse habían paredes que le impedían avanzar, y si intentaba mirarse de pies a cabeza como lo podía hacer cuando estaba vivo no veía nada. Sabía que existía, lo sabía porque lo sentía, pero no sabía cómo existía, ni que era. No sabía nada, ni veía nada y tuvo que aceptar que esa luz era sólo el principio de un camino que debía comenzar a andar.

Todos sabemos que hay algo más que este mundo que nos rodea. Que este momento que vivimos no es más que un momento de conciencia, pero no es la verdad, aunque le llamemos realidad. Todos sabemos que basta con cerrar los ojos para hundirnos en un universo infinito al cual pertenecemos y que es más real de lo que a diario vivimos. ¿Pero entonces?, ¿por qué sentimos lo que no es como si lo fuera?, ¿qué misterio tiene estar aquí?

EL SILENCIO Y LA LUZ se convirtieron en los más grandes tesoros de Pablo, y pasó mucho tiempo en que se aferró a esas dos pertenencias. Aunque la luz no le permitía ver nada, era mejor esto a las cosas terroríficas que creía que le rodeaban cuando reinaba la oscuridad.

Al cabo de un tiempo logró recordar lo que había ocurrido consigo, recordó el momento en que trató de pasar el puente y el carro lo atropelló. Sólo vinieron a su mente las imágenes, el dolor que experimentó su cuerpo. Sintió como si esa persona que era arrastrada por el asfalto fuera un ser diferente a él, y sintió lástima por lo que le había hecho. Pensaba que era el causante de lo que le había ocurrido a ese ser que ahora veía en su mente arrastrado por los carros en esa noche de tormenta. Quiso hacer algo para proteger a esa persona de ese destino que había vivido, quiso devolver los minutos y evitar la tragedia pero no pudo. Revivió muchas veces el momento en que se estrellaba contra el carro, la forma en que otros autos lo golpearon y cómo, poco a poco, se fue quedando sin sentido hasta llegar al lugar donde estaba. Pero por qué se sentía culpable, como si él hubiera causado todo y fuera el responsable de su muerte. Intentó encontrar una respuesta pero no la halló.

Pensó que necesitaba ayuda y fue repitiendo poco a poco esta palabra sin que obtuviera respuesta. Al final se cansó y se quedó en silencio, adormecido. Entonces tuvo la oportunidad de verse nuevamente momentos antes del accidente. Sus pasos lo conducían al puente donde había perdido la vida, y al verse en ese estado de tristeza y postración sintió un gran deseo de hablarle a ese que veía en su mente.

Comenzó a hablar haciendo un gran esfuerzo para que sus palabras escaparan de aquel espacio infinito donde se hallaba y llegaran a ese ser que tanto las necesitaba.

Pablo, perdóname por lo que te estoy haciendo, perdóname por haber dejado que te embargara la tristeza, perdóname por haber permitido que llegaras al punto que llegaste. Sé que mi misión era luchar para que estuvieras bien y no lo hice.

Nuevamente invocó al silencio y no quiso pensar más en eso que había ocurrido, pero se sintió un poco más aliviado al haberle hablado a ese ser que veía en su mente torturado por el dolor. Sin darse cuenta se había puesto en paz consigo mismo, perdonándose esos errores que había cometido.

El tiempo seguía pasando y no ocurría nada nuevo con Pablo, continuaba en aquel lugar luchando para que el infierno de sus pensamientos no se despertara, para que la luz no desapareciera, pero se preguntaba qué sentido tenía estar ahí. Nuevamente comenzó a repetir la palabra ayuda una y otra vez sin cesar pero no recibía respuesta.

Sin ser consciente cómo, cambió ayuda por comprensión. Sin protestar fue repitiendo esta palabra. Ya se había acostumbrado a que para ser escuchado tenía que repetir sin parar hasta que recibía una respuesta y que en la persistencia estaba la clave para lograr lo que necesitaba. Entonces comprendió lo que había ocurrido. Poco a poco fueron llegando imágenes del pasado y se sorprendió al ver cómo todo estaba entrelazado. Era como si una imagen trajera a otra en un estricto orden. Recordó cuando le enseñaron a sumar y le decían que dos más dos era igual a cuatro. De la misma manera, entendió la suma de todas las cosas en su vida. Vinieron cosas que ni siquiera sabía que habitaban en sus recuerdos.

Vio el momento en que como una luz, se posó en el vientre de su madre, recordó cada una de las cosas que vivió estando dentro de ella, la voz de su padre hablándole casi a diario, las caricias que él le prodigaba, el momento en que nació, la primera mirada que él le dio, todo el amor que su padre le había brindado y la forma como se entregó a cuidarlo porque era su único hijo varón. Recordó cada uno de los días de su vida y cuando se dio cuenta, todo era como una suma gigantesca donde cada día se sumaba con otro, y con otro, hasta que al final, arrojaban un resultado que no era nada distinto al momento en el que estaba.

Comprendió que él estaba ahí porque no había aprendido a concebir la vida sin Josué, quien desde el primer momento le dio tantas cosas que terminaron por minar sus fuerzas frente a la vida. Él había sido por su padre, más no por sí mismo. Y era eso precisamente lo que lo había llevado a los momentos de tortura que había vivido. Comprendió entonces que en nombre del amor a veces se arruina el destino de la gente, y que su padre, pese a amarlo tanto le había hecho un mal, buscando que todo estuviera bien en su vida.

Pero no juzgó a Josué, simplemente lo comprendió, pero algo en su interior le hizo sentir que él ya no podría volver a la tierra a continuar con su vida. Sintió rabia. Ahora veía todo tan claro y comenzó a desear salir de donde estaba para regresar a cambiar muchas cosas de ese pasado que había visto. Sabía que con cambiar al menos un día de esa vida vivida, la suma daría otro resultado, y él no estaría en ese lugar tan extraño donde estaba y se hubiera evitado la atropellada y las torturas de los infinitos sucesos que había pasado hasta el momento.

Ahora sabía por qué se sintió culpable y por qué se pidió perdón a sí mismo en el pasado cuando se auto abandonó y permitió que ese carro lo atropellara. Había deseado morirse y con ese deseo dio el primer y más importante paso para que ocurriera lo que ocurrió.

Le parecía tan sorprendente ver cómo todos los días se viven de igual manera sin que se tenga conciencia de lo que todos esos días sumados representarán. Pero lo que más le dolía era que nadie le dijo que uno puede alterar los resultados de una suma cambiando algunos valores, o al menos uno de ellos. Si él hubiera asumido la muerte de su padre de otra manera, seguramente no estaría muerto. Si su padre le hubiera enseñado a vivir sin él seguramente estaría junto a sus hermanas y su madre enfrentando la vida. Pero día a día aprendió que no podría vivir sin él y el resultado de esa suma fue ese: No pudo vivir sin él y terminó deseando morirse, hasta que finalmente falleció.

El deseo de regresar al pasado y cambiar lo que había ocurrido le hizo perder el control. Nuevamente aparecieron las voces en su mente, la luz se fue volviendo oscuridad y todo se volvió confusión. Angustiado por la pérdida de sus tesoros repitió de nuevo la palabra ayuda.

Descubrió algo curioso, cuando pedía ayuda aparecía en su mente el nombre de la palabra que necesitaba repetir. Esta vez, al pedir ayuda, sintió la necesidad de pedir aceptación. Comenzó a pedir aceptación y al igual que las otras palabras que había pronunciado a manera de oración, repitió esta palabra muchas veces, hasta que la suma de su vida le pareció lógica y hasta llegó a sentir cariño por ella, al fin y al cabo era la suma de todos los días que había vivido, era el resumen de su vida y no lo cuestionó más, ahora simplemente lo aceptaba.

Ya no deseó más regresar al pasado para cambiarlo. La aceptación, sumada a la comprensión, la luz y el silencio, le permitieron amar cada uno de los días vividos y sentir que todos eran importantes, y que el resultado que había logrado debería tenía un gran sentido.

No lograba encontrar la palabra que necesitaba repetir para obtener esa respuesta. Le ocurría con frecuencia que olvidaba la palabra ayuda, y duraba mucho tiempo dándole vueltas a sus inquietudes, perdiendo una gran cantidad de tiempo en pensamientos que desencadenaban a las voces que luego lo torturaban. Al fin recordaba a ayuda, y como ocurría en otras ocasiones, al repetir una palabra esto generaba que se dieran las cosas. Ayuda le trajo a sabiduría, ¿para qué?, él no lo sabía, pero después de mucho repetirla, sabiduría le ayudar a encontrar sentido a todo lo que había vivido hasta ahora. Todo había ocurrido como parte de su aprendizaje y su evolución en la vida. Es decir, no estaba muerto. La vida seguía en otro lugar y en otras circunstancias.

En su mente aparecieron muchas respuestas a muchas preguntas, pero lo que más le impresionó fue sentir que el fin no había llegado, aunque durante todo este tiempo hubiera pensado que estaba muerto. Eso le alegró. El fin no había llegado y el camino aún era largo. Quizá el fin era la eternidad.

Estaba en ese lugar porque tenía que estar allí, y el resultado de la suma de sus días era lo que él necesitaba para seguir adelante, luego de haber aprendido muchas cosas. Había aprendido ser consciente del resultado de la suma de sus días.

Sabiduría le hizo ver que estaba aprendiendo y eso le dio mucha tranquilidad, porque fuere cual fuere la situación en que se encontrara siempre estaba aprendiendo, y al aprender, garantizaba muchas cosas buenas para su vida. ¿Su vida? ¡Sí, su vida! ¡Tenía vida! ¿Otra forma de vida? ¿Otro estado? Qué importaba, era vida y eso era lo que contaba.

A pesar de estar controlando la situación se sintió muy triste, y no le gustaba sentirse así porque no podía llorar. Al no poder llorar sentía que se ahogaba, venía la tortura y el descontrol, trayendo consigo un sufrimiento que no quería sentir.

Por etapas caía en la tentación de volver al pasado y preguntarse cómo sería todo si lo pudiera cambiar, pero las voces en su ser aparecían y decían cosas, hasta que él terminaba desesperado y sintiéndose mal por no poder cambiar ese pasado. A veces, también divagaba pensando en el futuro y se imaginaba muchas cosas que podrían llegar a ocurrir y nuevamente las voces aparecían y le decían cosas terribles sobre el futuro que él no refutaba porque tenían mucha lógica, pues si la suma de todos los días de su vida le habían hecho vivir momentos tan penosos, qué no pasaría hacia adelante. ¿A cuántas torturas más no se enfrentaría? Cuando comenzaba a pensar en ese futuro o en ese pasado se asustaba, aparecía el hueco en medio del pecho y deseaba tomar decisiones absurdas como morirse. Desesperado, recordaba repetir la palabra silencio y en el silencio repetía ayuda, luz, aceptación y así sucesivamente iba usando las palabras que ya conocía que le podían servir y que le devolvían la calma. La conclusión era la misma: cuando se concentraba en las cosas duras del pasado o en los temores del futuro, perdía el control de una forma absurda que le hacía sufrir en un presente en donde todo estaba bien y que él desperdiciaba por estar en otro lugar.

Entendió entonces que como mejor se sentía era como estaba en ese momento, pues no tenía ninguna manera de regresar al pasado para cambiarlo, y tampoco estaba obligado a vivir un futuro que le asustaba. En cambio, concentrándose en el momento en que estaba sentía que tenía el control y que todo estaba bien, aunque fuera un momento difícil.

Esa idea que le acababa de llegar le pareció maravillosa: ¡tenía el control!, es decir, aún en las circunstancias en que se encontraba tenía el control. Pero, ¿cómo usarlo?

Organizó sus tesoros en el orden que le habían llegado: SILENCIO, LUZ, AYUDA, COMPRENSIÓN, ACEPTACIÓN Y SABIDURÍA. Eran solo palabras, pero lo estaban salvando de la tortura en que había caído después del accidente en el puente, del que ahora con más fuerza se sentía responsable, pues estaba claro que un deseo era una forma de decisión. Esas palabras le habían enseñado cosas muy importantes. Silencio le había enseñado a callar las voces que nacían en su interior y que le impedían pensar. Luz le había enseñado a elegir y eso le había permitido romper la oscuridad en que estaba. Ayuda le daba la certeza de no estar solo, a pesar de no ver, ni escuchar, ni sentir a nadie cerca. Comprensión le había aportado calma y también le servía para sosegar las voces interiores que a veces se levantaban preguntando por qué habían ocurrido aquellos hechos del pasado. Comprensión parecía estar ligada a luz. Si antes las preguntas que surgían de su ser le hacían daño, ahora bastaba con echar un vistazo y comprender.

Aceptación era como un bálsamo y se presentaba de la mano de una elección, al igual que cuando escogió la luz, en lugar de la oscuridad. Cuando elegía aceptar, desaparecía la contienda con lo que ocurría en su vida. Al aceptar ya no tenía que ponerse en posición de defensa para librar batallas eternas contra las preguntas de la vida. Sabiduría parecía hermana de luz y de comprensión. De hecho, las tres unidas generaban resultados maravillosos. Luz permitía ver las cosas, comprensión permitía entenderlas y sabiduría les daba sentido para saber qué hacer con ellas. No se trataba simplemente de ver las cosas, sino que se podían ver en una magnitud diferente, de tal modo que se pudieran comprender, aceptar y generar un resultado.

Sabía además que tenía el control y que ese control se fortalecía cuando aceptaba que estaba en un presente, y a la vez comprendía que desde ese presente podía ir a donde quisiera si era capaz de aceptar que tener ese control era tener el poder para variar el resultado de la suma de sus días. Eso le parecía maravilloso. Desde el presente tenía la opción de alterar el resultado de la suma final, es decir, podía manipular el futuro que tanto le asustaba y crear un futuro que le trajera bienestar. En todo esto el silencio era una parte importante, pues era en la calma que da el silencio que podía elaborar todas estas ideas. Las buenas ideas se daban en el silencio.

La cuestión era comprender que tenía el control, y que cuando se tiene control se tiene poder, y que el poder es la fuerza que le impulsaría a muchas cosas, pero aún le faltaba algo y era aceptar esta idea. ¿Por qué era tan complicado? Era como si no se sintiera merecedor de esta realidad. ¿Por qué era tan complicado aceptar que se merecía algo tan maravilloso como lo que acababa de descubrir?

Sabía que en todo momento tenía el control y que el control era poder, pero no sabía para qué servía el poder. Entonces, sabiduría se posó a su lado y le hizo ver que el control sólo es bueno en la medida en que lo usemos para nuestro bien, pues nos da poder para elegir. Elegir hace parte del poder, y cada uno elige las cosas que quiere atraer a su vida.

Pidió ayuda y la respuesta fue su imagen dentro de su mente. Se miró a los ojos y decidió hablarse a sí mismo, pero antes de pronunciar la primera palabra se dio cuenta que atrás de esa imagen suya había una gran fila, y al mirar para ver quienes estaban detrás de la imagen que veía se encontró con que era él mismo en todos los momentos de su vida. Es decir, estaba él en toda su magnitud, y fue así como pudo hablarle al muchacho del presente y al niño del pasado para decirles que eso que le quedaba tan complicado de aceptar hacía parte de su gran verdad: tenía el control, el control le daba poder y el poder le permitía elegir. Aunque quería aceptar esa verdad no lograba hacerlo y no entendía por qué.

Sabiduría le hizo crear un ejercicio sencillo. Le pidió que eligiera aceptar que se merecía tener el control para poder elegir lo que se le antojara. Pablo se repitió a sí mismo que elegía aceptar que se merecía el control para poder elegir lo que se le antojara y entonces no tuvo más problemas. Ya había aceptado ese poder y lo podía utilizar como le diera la gana, pero aún seguía con ciertas confusiones. Entonces llamó a ayuda, y ayuda trajo consigo una nueva palabra: VALOR.

En principio no sabía por qué le habían traído a valor, pero luego de unos minutos, comprensión y sabiduría ayudadas por luz, le hicieron ver que estaba aterrorizado ante la idea que tenía que aceptar. Tener el control era una gran responsabilidad pues significaba hacerse cargo de sí mismo y elegir lo que quería que ocurriera con su vida. Era libre de culpar a los demás y de justificar sus actos como consecuencia de las acciones de los demás, pero en el fondo de su ser, sabía que pese a todas las cosas que ocurrieran a su alrededor él era el único responsable de lo que pasara consigo. Esto le asustaba, porque al conocer que tenía el poder de elegir, tenía el poder de hacer de su vida una gran obra o un gran desastre.

Elegir era una palabra que había aparecido sin que la pidiera con tanto ahinco y ella trajo consigo una nueva palabra: CREER.

Elegir — creer, en este orden. Pensó mucho tiempo en eso hasta que se antepuso a las dos palabras. Yo — elegir — creer. Lo repitió lentamente, yo elegir creer. Elijo creer.

En cualquier situación tengo el control, el control es poder, el poder me permite elegir. Yo tengo el control para elegir creer. Así como las demás palabras se presentaban con una función determinada creer se presentó como una llave: la llave de la realidad.

Pero, ¿qué significaba creer? Ayuda le trajo consigo una nueva respuesta que lo tranquilizó un poco: Creer es energía, es la fuerza que se le da a un pensamiento para que tome forma y se vuelva real. Creer era el barro con el que se construían los milagros.

No lo entendió en principio, pero luego vinieron luz, comprensión y sabiduría y pudo aceptar que creer era la llave de la realidad porque a la realidad le antedecía un pensamiento. Primero existía un pensamiento y luego una realidad, por eso, al creer, se le daba fuerza a ese pensamiento que se tornaba en algo real, de ahí que creer fuera la llave de la realidad. Una vez que lo comprendió, aceptarlo fue más fácil.

Como estaba en silencio, inundado de luz, dispuesto a comprender y decidido a aceptar, las cosas fueron más sencillas. Sumó elegir, más creer, y eso le dio una palabra llamada verdad.

El control del que era dueño no era otro que la facultad de elegir lo que deseaba creer, y al elegir creer en algo tenía en sus manos la llave a una realidad o a una verdad.

Elegía creer en algo y ese algo era la realidad. Pero en el presente ¿para qué le servía eso? Sabiduría apareció en seguida y llevó la respuesta: Si creer era la llave de una realidad, él podía avanzar creando las realidades que quería para su vida. Cayó en cuenta de una nueva palabra: CREAR. Él podía crear aquello que elegiría creer. Es decir, él era el creador de su propio destino, en el que creería como forma de volverlo real.

Si aceptáramos que somos nuestra mayor responsabilidad y que por amor a nosotros podemos prodigarnos lo mejor, quizá todo cambiaría de una forma tan mágica, que ya no sufriríamos nunca más.

PABLO DURÓ PENSANDO MUCHO TIEMPO en las conclusiones que había sacado y de repente volvió a sentirse mal consigo mismo. Cada vez que esto ocurría, las voces que emanaban de su interior tomaban poder y comenzaban a hablar entre sí, haciéndole sentir que era el mismo el que hablaba. Estas voces lograban descontrolarlo y hacerle perder la claridad. Después de tratar de amainar la fuerza de esas voces que eran como una gran tormenta en su mente, se dio cuenta que les estaba dando poder para hablar de lo que se les antojara, quizá porque no quería seguir pensando y sacando conclusiones. Pero también se dio cuenta que dejarlas hablar era volverse a llenar de miedo y regresar al infierno de los primeros tiempos después del accidente, cuando sentía el hueco en medio del pecho y todo era desesperación. Sólo tenía un camino, seguir adelante con sus sumas de palabras y ese fue el que eligió pese al terror que le generaba haber descubierto la verdad que ahora sabía y que era tan complicado poner en práctica. Sentía que pese a ser un juego de palabras y de pensamientos, eran como una gran maquinaria a la hora de ponerlas a funcionar. A veces las voces de su mente le hacían pensar que todas esas ideas no eran más que elucubraciones de un ser atormentado por el estado en que se encontraba y él debía luchar contra esas voces, acallarlas y elegir creer que todas aquellas ideas eran verdad y funcionarían si así lo deseaba.

Sabiduría le hizo repetir ayuda, y al pedir ayuda, vino a su mente la respuesta casi de manera inmediata. La palabra que ahora debía usar era quiero. Poco a poco comenzó a repetir la palabra quiero y al repetir esa palabra continuamente comenzaron a aparecer imágenes en su mente. Eran imágenes que le traían felicidad. Eran tantas cosas hermosas que Pablo se resistía a creer que pudieran ser posibles. Entonces sabiduría le recordó que él tenía el poder para elegir creer, y que al hacerlo ese pensamiento se tornaba en la llave de una realidad. Si a él le parecía que esas cosas maravillosas que venían a su mente no podían ocurrir, sencillamente elegía no creer en ellas y esas cosas no ocurrirían, pero si elegía creer que sí podían ocurrir, ocurrirían. Pablo se dio cuenta que había algo en él que lo frenaba cuando decía quiero y aparecían imágenes en su mente. Nuevamente tuvo que comprender y aceptar que se merecía muchas más cosas de las que creía que merecía, porque de lo contrario, ese poder que tenía sólo le serviría para vivir en sus propias limitaciones.

Sí, él podía elegir y de manera inconsciente había elegido llegar al lugar donde llegó, ahora el reto era tomar las elecciones conscientemente.

Pero sentía que era muy complicado. Antes todo era más fácil porque no sabía la verdad y era como si lo guiara un piloto automático que en últimas era el que le había conducido al lugar donde estaba. Ahora era diferente, ese piloto automático se había averiado y tenía que empezar a conducir un auto que no sabía que podía conducir y a definir una ruta que nunca se imaginó que era su responsabilidad diseñar.

Tuvo que tomarse un buen tiempo para aceptar que era el piloto de su propia vida. Una vez aceptada esta verdad sabía que eligiera el lugar que eligiera para ir, era su responsabilidad, y esto le hacía sentir un gran terror. Pero ¿por qué sentía tanto miedo? No lo sabía, quizá tenía miedo a fracasar y no tener a quien culpar, quizá no sentía tener el valor para hacerlo, en fin, motivos tendría muchos, pero ahora sólo había una realidad: era libre de hacer lo que se le antojara. ¿Y ahora a dónde iría?

Una alegría infinita iba apareciendo en el lugar donde antes sentía ese hueco que le hacía sufrir. Era una sensación de libertad que sin duda alguna aprendería a no frenar cuando decidiera poner en práctica ese control que tenía. La libertad era el poder de elegir, era poder para hacer algo que realmente quisiera, pero no había verdadera libertad si sentía miedo para avanzar.

El hecho de haber deseado morirse le había causado muchos sufrimientos, por eso no se atrevía a avanzar temiendo volver a cometer un gran error, pues cuando él deseo morir, estaba convencido de que era lo mejor, pero ahora que miraba hacia atrás le parecía una gran estupidez y había tenido que hacer un gran esfuerzo por perdonarse ese acto, que aunque ya parecía estar perdonado, por momentos lo torturaba nuevamente.

Después de algún tiempo en el que Pablo no hizo otra cosa más que sufrir, decidió que usaría su poder para hacer realidad alguna de las imágenes que tenía en su mente. Se acordó entonces de Josué y pensó en él durante mucho tiempo. Luego eligió creer que en cualquier momento volvería a verlo. Concluyó que había venido hasta ese lugar a buscar a Josué, era lo que quería y creyó que podría ser posible.

Las voces aparecían de vez en cuando para decirle que eso no era posible, que no iba a ver a su padre nuevamente, que todo lo que había hecho era absurdo, que estaba perdido y que todas las cosas que había concluido eran una falacia.

Se dio cuenta que esas voces internas se convertían en enemigas suyas cuando quería algo, y que si no las controlaba ellas terminarían controlando lo que ocurriría en su vida. Parecían tan reales y tan lógico lo que decían, que él caía en la tentación de escucharlas. Se dio cuenta además, que esas voces lo que querían era que él siguiera en el mismo lugar en el que estaba, negándole la opción de salir de allí e ir a otro lugar. Molesto le gritó a las voces que no quería escucharlas, pero ellas se tornaban cariñosas, le hablaban de mil maneras, como si su misión fuera evitar que cometiera algún error. Las bloqueaba repitiendo silencio y esta palabra se convertía en un deseo que latigaba a esas voces hasta hacerlas quedarse calladas.

Una vez que obtenía el silencio hacía una suma de palabras. "Elijo creer que voy a ver a mi padre", y repetía esto continuamente porque sentía que llenando su mente con esas ideas lograría dos cosas: la primera, evitar que las voces lo torturaran, y la segunda, tener la opción de ver a su padre. A él le habían enseñado que las matemáticas no fallaban nunca y esperaba que esta no fuera la primera vez.

Se convenció de que lo que deseaba podría ocurrir y estaba seguro de que ocurriría.

¿Qué ocurriría si nos diéramos cuenta que no vivimos la vida que queremos por miedo a vivirla? ¿Qué pasaría si nos diéramos cuenta que no llegamos al lugar que anhelamos por simple miedo a dar un primer paso?

PABLO PENSÓ QUE SE ESTABA VOLVIENDO LOCO, pero eso no le importaría a nadie porque nadie lo veía repetir sus anhelos, por eso no se cansaba de repetir.

Elijo creer que voy a ver a mi padre —se repetía Pablo—. Y con cada palabra evocaba a su padre, su imagen, el sonido de su voz, su mirada, hasta que logró traerlo a su mente como si ya lo estuviera viendo.

De repente, la misma luz que vino a buscarlo apareció y giraba alrededor suyo, sus ojos eran alegres, lo miraban con cariño. Pablo se sintió feliz porque alguien lo escuchaba. La lucecita no le dijo nada, simplemente giraba y giraba a su alrededor, entonces Pablo comprendió que él estaba encerrado en una burbuja de cristal que era la que le impedía levantarse y huir de aquel lugar. La luz intentaba decirle algo que Pablo no entendía, pero en su actitud veía que iba bien, que el entender lo de la burbuja era un primer paso importante. Pablo llamó a comprensión porque la lucecita tomaba forma de hada y con sus pies le indicaba algo que a él le costaba entender. Por fin comprendió que lo que la luz le trataba de decir era que rompiera la burbuja. Pablo sintió terror, cómo iba a romper esa burbuja si ni siquiera sabía en dónde estaba. Temía que al romperla quedara en el vacío y fuera a estrellarse contra algo encontrando la muerte. ¿Acaso no estaba muerto?, pensó, pero aunque tuviera conciencia de eso no se atrevía a romper ese cristal. Una sensación de vértigo se apoderó de él y por ello se negó a romper la burbuja, tenía miedo, y era un miedo poderoso que lo inmovilizaba a hacer lo que el hada le pedía que hiciera.

Sintió rabia por su cobardía y cayó en la tentación de maldecir su presente, pero algo en él lo frenaba. Era luz, su luz interior. Le decía que no perdiera el tiempo torturándose, que él tenía el poder para romper ese cristal y sin duda alguna lo rompería si así lo deseaba. Tuvo una pequeña conversación con luz y ella le dijo que tratara de pensar qué era lo que más le convenía si rompía el cristal. Pablo pensó que lo que menos deseaba era estrellarse contra algo y sufrir más, pero no sabía que sería lo mejor. Todo era tan desconocido.

"El futuro es desconocido, replicó luz, nunca sabrás exactamente cómo es, recuerda que tú lo puedes crear, aunque siempre queden faltando cosas para que sea exacto". Angustiado porque la lucecita que estaba afuera de la burbuja se estaba aburriendo mientras lo esperaba llamó a sabiduría, y sabiduría le dijo que tratara de imaginar lo que querría que sucediera. Entonces Pablo se imaginó dos cosas, una, que al romperse la burbuja su padre estuviera esperándolo afuera con los brazos abiertos para recibirlo y llevarlo consigo, pero afuera no se veía a nadie más que la hada que le estaba golpeando el cristal. La otra opción era que pudiera volar y suspenderse en el aire sin importar el vacío que le rodeaba, y al volar, él podría ir en busca de su padre. Entonces sabiduría le hizo pensar en que era necesario elegir lo que quería creer, para que ello se convirtiera en la llave a una realidad. Pablo eligió creer que al romper el cristal podría volar y seguir al hada que seguramente lo llevaría al lugar donde estaba su padre. "De acuerdo", dijo sabiduría. "Ahora rompe el cristal".

Pablo no era capaz de romper el cristal y afuera el hada le hacía mil señales, le gritaba, se enfurecía, le demostraba cansancio y hasta lo amenazaba con irse si no salía. Entonces Pablo, que siempre se olvidaba de ella, llamó a ayuda, que estaba cansada de ser ignorada. Ayuda trajo consigo una nueva palabra: DECISIÓN.

Pablo repitió decisión muchas veces hasta que se llenó de valor y rompió el cristal, que estalló en infinidad de pedacitos que parecían estrellas. ¿Cómo lo hizo si no tenía cuerpo? No lo sabía, pero fue tal su deseo de romperlo que lo rompió. En ese momento sintió un vacío infinito que lo atraía como un fuerte imán. Ese vacío lo arrastraba con todas sus fuerzas, tanto, que Pablo sintió que moría nuevamente, pero se acordó de su elección y se frenó en seco. Pudo volar y seguir al hada que había venido a guiarlo a donde estaba su padre. No era capaz de mirar hacia abajo porque temía descubrir un gran vacío que le hiciera caer. En ese momento ayuda acudió sin que la llamara y trajo consigo a confianza y valor. El reto inmediato no era encontrar a su padre, era mirar lo que él mismo estaba haciendo. Era mirar al vacío infinito y aceptar que volaba, y confiaba. Volaba sin alas y confiaba pese a estar en el vacío. Confianza era hermana de valor, y cuando se sumaban, daban como resultado libertad. Volar con miedo era como estar atado golpeando el cuerpo con el peor de los látigos. El miedo era algo intangible, pero a veces dejaba huellas imborrables en los corazones que lo experimentaban. Hizo la suma, confianza más valor y efectivamente el resultado era libertad. Él ya sabía de la existencia de libertad, pero realmente no la conocía pues el miedo se lo había impedido. Las matemáticas eran las matemáticas, pensó. Al obtener el resultado miró hacía abajo lleno de valor confiado en que no se estrellaría contra nada, y mucho menos se dejaría arrastrar por el vacío. Entonces disfrutó lo que era volar o fluir, o como se le quisiera llamar. Estaba tan feliz siguiendo al hada que no tenía tiempo en su mente más que para disfrutar. Cuánto le había costado, pensar que casi se muere del susto metido dentro de esa burbuja cuando sintió que debía romperla.

En medio de su vuelo experimentó una extraña sensación. Debería estar sufriendo y pagando haber deseado su muerte, que en últimas fue lo que la ocasionó. Sin embargo había vivido un sufrimiento infinito, tanto que también pensó que ya había pagado su deuda. En ese momento se dio cuenta que las voces estaban apareciendo de nuevo para hacerle ignorar el presente que vivía y que era maravilloso. Entonces pidió silencio y siguió volando. Eligió vivir el ahora.

Al cabo de un tiempo vio una luz resplandeciente, pensó que podía ser el sol, estaba tan lejos y era tan inmensa que no se le ocurría otra cosa distinta. ¿Y si se acercaban al sol no se quemarían?, pensó. El hada que lo guiaba lo miró feo.

¿Cómo te cuesta aprender, eh Pablo? Si eliges creer que eso que ves es el sol y que te va a quemar, seguro que eso te ocurrirá, ¿por qué te cuesta tanto hacer las elecciones correctas, aceptar que estás en un mundo mágico y que te mereces que te ocurran cosas buenas?

¿Cuántas palabras bonitas mueren en nuestro interior sin llegar al corazón de quienes necesitaban escucharlas? ¿Cuántas veces olvidamos cumplir nuestra misión de dar y ser la sal que el mundo necesita? ¿Cuántas cosas le negamos a diario a las personas que nos aman y que supuestamente amamos?

Pablo estaba aterrado con lo que estaba viviendo, poco a poco se fueron fundiendo con la inmensidad de la luz que estaban viendo y entonces descubrió que allí había un universo diferente al que él conocía. Lentamente fueron llegando a un espacio lleno de hadas como la que lo guiaba. De niño había elegido creer que las hadas existían, pero no se imaginaba que las fuera a conocer y menos a compartir con ellas. Viéndolas de lejos, las hadas parecían estrellas. Se convertían en fuertes puntos de luz resplandeciente. Pablo se extasió viendo aquel espectáculo. No se imaginaba cómo podría estar su padre en aquel lugar lleno de hadas, pues parecía un sitio exclusivo para niños. Se dio cuenta que estaba cayendo en la tentación de dudar y entonces eligió confiar.

Lo sentaron a esperar a que apareciera Josué. Pablo estaba impaciente y a medida que pasaban los segundos, que parecían infinitos, la duda, la ansiedad y las voces interiores amenazaban con hacerlo fracasar en su intento por ver a su padre. Se dio cuenta que esas palabras interiores que nos hacen dudar traen miedo y tienen el poder de romper la magia del universo y destruir la realización de nuestros sueños. Algo en su interior le decía que si dejaba que la duda se introdujera en su mente, sería el fin a todo lo que estaba viviendo. La duda estaba entre los principales enemigos a combatir, ya que estaba muy bien armada y en un solo ataque podía acabar con silencio, luz, sabiduría, comprensión, aceptación y todos los demás tesoros que hasta ahora poseía. La duda venía acompañada de las voces interiores que se apoderaban de la mente, distorsionando los buenos deseos del corazón y destruyendo en segundos lo que se había construido en mucho tiempo.

Por eso comenzó a reafirmar lo que eligió creer. Se repitió a sí mismo que en cualquier momento aparecería su padre hasta que sintió que un suave calor lo llenó de un gozo profundo y una alegría tan grande que pensó que no podría resistirla. Pero no veía a su padre, sólo una luz que lo acariciaba. Pensó que se trataba de otra hada, pero no era un hada y entonces comprendió que todas las luces que estaba viendo no eran hadas sino seres. Gracias a comprensión entendió que las hadas que veía no eran más que seres que se le manifestaban en formas soportables a sus fuerzas.

Poco a poco identificó a su padre en esa luz que le acariciaba. Se sintió infinitamente feliz y se fundió con él durante mucho tiempo. Hubiera deseado que ese fuera el fin de su sentir. Pero sabía que no era así. Pronto siguió a su padre, quien le indicó el camino hacia un lugar donde podrían hablar y estar juntos.

Se descubrió en un jardín maravilloso, el más espectacular que hubiera visto en toda su existencia. Ya su padre se había transfigurado y lo podía ver tal como lo había visto el último día que estuvo en la tierra. Se miró a los pies y vio que había recuperado su cuerpo y por un momento sintió como si nada hubiera pasado, como si nunca le hubieran dicho que Josué había muerto y todo lo que aconteció después. Sabía que no podía dudar de ese momento y menos desperdiciarlo pensando en el pasado o en el futuro. Eran las tentaciones que tenía que evitar. Así que se dispuso a decirle a su padre todo lo que le tenía que decir. No sabía como ordenar las frases, había tantas cosas por decir que no quería olvidar nada. Entonces decidió resumir todo en una frase: *¡Te amo papá!*

No le dijo nada más y aprovechó que tenía cuerpo para abrazarlo nuevamente. Luego al oído le volvió a decir que lo amaba y que al partir de la tierra le había hecho mucha falta.

Josué también había extrañado a su hijo y se lo dijo. Le expresó además que él había sido quien pidió que los dejaran encontrarse una vez más. Los dos habían deseado encontrarse porque eran conscientes que se habían quedado muchas cosas por decirse y en el caso de Josué, su misión con Pablo no había sido cumplida.

Pablo estaba concentrado en los ojos de su padre, de esa manera se aferraba a él. Josué asumió un carácter serio y le habló en un tono que Pablo confundió con un regaño.

No estuvo bien lo que hiciste Pablo, nadie tiene derecho a desear quitarse la vida y tú lo hiciste. ¿Por qué?

Pablo se quedó pensando por unos minutos por qué lo había hecho y después de revolver sus pensamientos le dijo que había sentido mucho miedo a vivir sin él. Pablo no concebía la vida sin su padre.

¿Tú elegiste creer que no podías vivir sin mí, verdad? Y de hecho, al sumar y obtener resultados, te diste cuenta que era verdad, no podías vivir sin mi y por ello optaste por desear quitarte la vida y convencer a las fuerzas del universo de atraer esto para que ocurriera, ¿es así o no?

El muchacho asintió sorprendido de que su padre entendiera el lenguaje de las sumas. Josué levantó su mano y le acarició la cabeza con ternura. Luego lo miró a los ojos y le habló con cariño.

No fuiste el único que eligió creer que no podrías vivir sin mí. Yo también elegí creer que no podrías hacerlo y por eso viví la vida por ti, lo hice pensando que estaba bien y bloqueé tu posibilidad de enfrentarte a la vida y hacerte fuerte para resistirla. Si yo hubiera seguido a tu lado te habría anulado como persona, por eso nos separaron. Ocurre con frecuencia que cuando una persona le impide a otra vivir, la sabiduría divina los separa abruptamente. Nadie tiene derecho a atrofiar la existencia de otro ser. Yo lo hice, lo hice cada vez que enfrentaba la vida por ti, lo hice cuando impedía que respondieras por tus obligaciones, lo hice cuando no te dejé asumir tus tristezas, cuando quise que pusieras en práctica mis enseñanzas y no lo que podías aprender de tu diario vivir. Yo no te permití crear tus propios sueños, porque te llené de cosas y aminoré tu capacidad para desear.

Yo te amaba tanto que temía que la vida te hiciera daño, y aunque lo hice en nombre del amor, cometí un gran error porque te conduje al fracaso y eso no era lo que yo quería. De hecho, las cosas se dieron como creímos que se darían, tú no pudiste vivir sin mí porque así elegimos creerlo. Ahora Pablo, quiero que sepas que te amo, y que por amor le he pedido a la voluntad divina que te dé una segunda oportunidad para que puedas hacer tu vida, no importa que ya no esté allá, tú tienes derecho a caerte y levantarte hasta que aprendas a dar tus propios pasos sin temor. A cambio de ello he prometido no interferir, soportar el miedo y aprender a confiar, porque ese fue mi pecado, no confiar en la vida y mucho menos en tí como ser. Yo aprenderé a confiar y tú podrás vivir. No sé si te den esa oportunidad, pero es lo que más anhelo en este momento, porque de lo contrario sufriré siempre el haber anulado a un ser que amaba infinitamente. Si la voluntad divina te da esa oportunidad, quiero que la aproveches y que me prometas que vas a vivir plenamente. Nunca más intentes huir de la vida, mírala de frente; ahora sé que el miedo no es más que un demonio que busca hacernos caer. Hay muchas formas de enfrentarlo, pero la mejor de todas es eligiendo no creer en él por más lógicas y fuertes que parezcan sus palabras. Cuando deseaste morir estabas invadido por el miedo, que te hacía ver la vida como una pesadilla. Te ganó la batalla porque terminaste convirtiendo tu deseo en realidad. Si la voluntad divina no te da esa segunda oportunidad, volverás a los tormentos que sucedieron a tu muerte y yo no podré hacer nada para evitar tu dolor ni evitar el mío. La única solución es elegir creer que sí te darán esa oportunidad.

Pablo miraba a su padre con los ojos llenos de lágrimas. Quería decirle que no le importaba que se hubiera excedido en sus cuidados, pero no lo dijo, sabía que era verdad, de hecho, ya lo había pensado.

No sabía que el exceso de amor se castigaba papá, porque ese fue tu pecado, exceso de amor.

Josué encontró en la ironía de su hijo una respuesta típica de su edad y trató de entenderlo.

Usualmente confundimos las cosas y no llamamos a nada por su nombre. Yo siempre te amé, aún antes de nacer, pero me excedí porque tenía miedo a tu fracaso y a que tuvieras que enfrentar tantas cosas duras que parece tener la vida. Olvidé que la mejor manera de aprender es asistir a las clases y hacer las tareas con nuestras propias manos. Olvidé que por más difíciles que sean las matemáticas, si cada uno de nosotros no aprende a manejar los números y ser amigo de ellos, nadie más lo hará por uno. El miedo fue el motor que guió la educación que te di. Mi amor por tí fue egoísta y eso trajo las consecuencias negativas. Desperdicié mi tiempo dándote lo que no debía darte y se me olvidó darte lo que necesitabas para la vida. Nunca te hablé de la ley del amor; todos sabemos que existe pero muy pocos la ponemos en práctica. Si hubieras conocido esa ley, nunca hubieras hecho lo que hiciste y seguramente no estaríamos en esta cita.

Aunque Pablo sentía que Josué le había dado mucho, le asaltó una gran curiosidad sobre esa ley del amor y no dudó en preguntarle de qué se trataba, en verdad nunca habían tocado el tema.

¿Recuerdas que mientras estabas en la burbuja aprendiste el lenguaje de las sumas? ¿Recuerdas que aprendiste a sumar y a obtener resultados maravilloso? —Pablo asintió sin dejar de mirarlo a los ojos—. *De la misma manera que repetías lo que necesitabas puedes repetir la palabra amor para saber cómo enfrentar las diferentes situaciones de la vida. Si hubieras conocido la ley del amor, en el momento en que te dijeron que yo había muerto quizás hubieras entendido que mi tiempo en la tierra había terminado, y por amor me hubieras dejado continuar con mi viaje. Por amor hubieras estado junto a tu madre y tus hermanas, apoyándolas para que superaran los momentos de dolor y por amor a ti mismo te hubieras prodigado los cuidados necesarios para salir adelante de la encrucijada en que estabas. Pero no conocías esa ley y entonces el demonio miedo se apoderó de ti y te hizo ver tinieblas donde había luz y monstruos donde no existían. Eso te condujo a la desesperación y por ello obraste del modo en que lo hiciste. El problema estuvo en que no tenías armas para enfrentar el miedo y por eso te venció. Al fin de cuentas, lo normal es que se le cruce*

en el camino a todos los seres que habitan la tierra, lo que no es lógico es que salga ganando las batallas porque no sabemos usar las herramientas para derrotarlo. Por amor a ti mismo hubieras podido elegir no creer en lo que las voces del miedo te decían. La ley del amor dice que para ti, el ser más preciado de la creación eres tú mismo y que en la medida en que te valores y te ames de verdad todo adquirirá la trascendencia que merece. Si analizas el amor que sientes, te darás cuenta que quieres lo mejor para mi, ¿verdad? Esa es la conducta que hay que asumir con respecto a nosotros mismos, amarnos infinitamente, porque al amarnos buscamos lo mejor para nosotros y ese será el logro más maravilloso de todos.

Siempre te podrás preguntar cómo actuarías bajo la luz del amor frente a las diferentes situaciones que enfrentarás en la vida, y de la misma manera que una suma de cosas arroja un resultado, tu sabiduría interior te dará la respuesta para utilizar esa herramienta y vencer. Nunca te olvides de utilizarla primero contigo y así evitarás momentos de dolor y sufrimiento. Trata de mirarte como un ser al que quieres agradar inmensamente y pregúntate a diario qué harías para mantenerle feliz y contento. Enamórate de ti, acéptate como eres, aprende a conocerte, a mirar a tu interior y te darás cuenta de las maravillas que hay dentro de ti.

Cuando lo hagas, todo cambiará positivamente y avanzarás por la vida libre y seguro pues sabrás elegir los caminos, sabrás protegerte y obtener lo que realmente quieres porque cada vez que llegue un pensamiento a tu mente será un pensamiento positivo, y sólo te permitirás imaginarte un mundo maravilloso para ti. Tu vida será hermosa porque vencerás el miedo y elegirás creer en lo que te hará feliz.

Por amor a ti mismo dejarás de escuchar las quejas de los demás, sus críticas o los comentarios que te puedan hacer daño. El amor se convertirá en un filtro que no dejará pasar nada que te haga daño. De la misma manera aprenderás a dar lo mejor de ti, porque así como te amas, comenzará a interesarte que los demás te amen de verdad. La gente que llegue a tu vida llegará para hacerte bien y recibirán lo mejor de ti. Con ellos te sentirás seguro, porque el amor cuando es sincero y emana del alma conecta inmediatamente con la fuente natural de amor de la otra persona y sólo permitirá que fluya amor hacia ti.

Desde el momento en que Pablo descubrió que estaba muerto o que había abandonado la tierra, se había dado cuenta de la eternidad del tiempo. Cada minuto le parecía algo eterno, sin fin, y esto lo llevó a aprender que el tiempo no es como creemos que es. Aprendió que el tiempo como límite no existe, que sólo existe un momento de conciencia que puede ser eterno o pasajero. Cuando estaba feliz, el tiempo corría aceleradamente y cuando se enfrentaba a cosas difíciles un minuto parecía un siglo. Ahora, al estar junto a su padre, el tiempo iba rápido, tan rápido que Pablo sentía su transcurrir pero no le afectaba porque sabía que el tiempo allí era perfecto. Es decir, estaría el tiempo que fuera necesario estar y eso le tranquilizaba. Su padre lo llevó a conocer aquel jardín, pero no le respondía preguntas sobre el lugar. Pablo comprendió que no debía preguntar más, pues quizá su padre no estaba autorizado para darle respuesta alguna o tal vez él no estaba preparado para recibirlas. Pablo descansó protegido por su padre y pudo dormir; algo que no había vuelto a hacer desde el día que sufrió el accidente. Dormido soñó con su colegio, con sus compañeros de clases y con las ilusiones que se había hecho para cuando terminara la secundaria. En medio del sueño recordó que tenía una buena suma de dinero ahorrado para tomar un curso de vuelo en aerolivianos. Alguna vez Josué lo había llevado a un terreno escampado a montar en esos aviones y desde entonces se propuso aprender a pilotearlos, y ya le faltaba poco dinero para completar el valor del curso y el alquiler del avión. También recordó a su maestra de piano, nunca más se había vuelto a acordar de ella pese a que le había enseñado a tocar ese instrumento desde niño; los dos tenían planeado dar un concierto para un público inmenso. Recordó muchos planes que tenía en su mente, incluso se acordó de Ana, una compañera de clases que le había comenzado a gustar antes de que su padre muriera y a quien esperaba convertir en su novia. Muchos recuerdos vinieron a su mente de su paso por la tierra, pero vinieron acompañados de fuertes sentimientos de frustración y de nostalgia. Luego comprendió que esos sentimientos aparecían porque todos aquellos sueños se habían quedado sin realizar. Se despertó y entendió porque sentía lo que sentía. De una u otra manera él había elegido no concretar todos los sueños que tenía al desear el fin de su vida. Despertó y vio que su padre lo estaba observando como si supiera que era lo que había en su mente.

Cuando nos dejamos ganar la batalla por el miedo, olvidamos todos nuestros sueños y permitimos que nos invada una parálisis general que impide que nos defendamos. El miedo entonces se apodera de nuestra vida y así pasa el tiempo. Cuando volvemos sobre esos sueños, nos encontramos con que yacen muertos desde hace tiempo. Ellos sólo se podían refugiar en nosotros y no hicimos nada para defenderlos y de manera inconsciente renunciamos a ellos dejándolos a la deriva.

Pablo guardó silencio por unos minutos, se acercó a su padre y lo acarició con ternura. Los ojos se le inundaron de lágrimas mientras le hablaba.

—*Papá, ¿el miedo habita dentro de nosotros? Yo lo siento dentro de mí, apoderado de mi ser, ¿qué hago?*

—De hecho, es como un virus que se va incubando y fortaleciendo dentro de cada uno. Un día cualquiera le ves aparecer y ya está fuerte y te hace creer que dentro de ti no hay espacio más que para él. El miedo es un mentiroso, te disfrazará las cosas para que las veas como quiere que las veas a tal punto que tú, de manera inconsciente, elegirás creer en eso que estás viendo. ¿Y sabes qué pasa cuando eliges creer en algo?

—Si, sé que pasa, cuando elijo creer en algo tengo en mis manos la llave para ingresar a una realidad.

—De acuerdo, tienes la llave hacia una realidad y muchas veces terminas metiendo la llave y entrando a esa realidad que el miedo te plantea y que te hará mal. Sin embargo, nunca perdemos el poder para retomar el control y elegir lo que queremos para nuestra vida. Son leyes que nos pertenecen, nosotros tenemos el control, el control es poder y el poder nos sirve para ir donde queramos, sólo tenemos que mantenernos firmes en esa verdad y no creer las cosas que el miedo nos hace ver.

Pablo y Josué se dedicaron a hablar muchas cosas más, él quería enseñarle a su hijo todo lo que no le había enseñado en la tierra. A veces se quedaban en silencio y se miraban mutuamente, luego una sonrisa aparecía en ellos; era una sonrisa de felicidad. Estaban felices de compartir estos momentos adicionales en sus vidas.

—*¿La vida siempre existe papá?*

—*Sí, ¿por qué?...*
—*Entonces la muerte... ¿Qué pasa con la muerte?*

—*Lo que llamamos muerte son estados de inconsciencia, momentos de descanso en los que el ser renace de nuevo.*

—*Pero los muertos sienten, yo sentí muchas cosas mientras estaba en la burbuja.*

—*Las sentiste porque no estabas muerto. Sólo se muere una vez. De hecho sentías una especie de infierno, ¿verdad?*

Pablo asintió mientras miraba a su padre atentamente.

—*Sí, era algo horrible que no entendía pero que me desesperaba. Era como estar siendo atormentado segundo a segundo.*

—*Para sentir se necesita estar vivos, te repito que sólo se muere una vez hijo, morimos cuando renunciamos a soñar. Al renunciar a soñar todo se vuelve oscuro, terminan los motivos para existir y nos volvemos como objetos desechables que el universo ignora y aísla donde no estorben ni ensucien su belleza. Tú estabas vivo y eso que sentías era parte de tu aprendizaje.*

—*Era un castigo.*

—*Una lección muy dura, quizás, pretendiste alterar el orden de las cosas y sólo somos una fracción dentro de un universo. No lo podemos hacer. Mira allá.*

Pablo miró hacia donde le indicaba Josué. Se quedó por un momento pensativo, era un lugar oscuro. Miró por varios segundos tratando de descifrar qué había en aquel lugar.

—*Sólo veo nubes papá o algo que se parece a terribles nubes oscuras, similares a aquellas que presagian una tormenta.*

—*¿Qué ves dentro de esas nubes?*

Pablo siguió mirando, de repente observó que esas nubes que parecían negras y profundas estaban formadas por millones de burbujas como aquella donde él había estado. Aterrado miró a su padre abriendo la boca sin dar crédito a lo que veían sus ojos.

—*¡Son millones de burbujas! ¿Cómo puede haber tanta gente sufriendo?*

—*Todos intentaron alterar el orden de las cosas al cortar con su existencia en la tierra o al renunciar a sus sueños.*

—*¿Y cuándo saldrán de allí?*

—*Cuando hayan aprendido que la vida es un viaje maravilloso tras un sueño y que la misión es ser felices. Ese día podrán continuar fluyendo con la vida.*

Pablo se quedó en silencio, tal vez recordando los tormentos que pasó en aquel lugar. Los ojos se le llenaron de lágrimas. Lloró en silencio hasta que Josué se acercó a él y le brindó una mirada llena de amor.

—*Sólo se muere una vez Pablo. Cuando decidimos morir renunciando a nuestros sueños matando cada una de las ilusiones que alimentan el alma. Renunciamos a ellas cuando creemos que no las vamos a lograr, entonces los seres se secan hasta que mueren porque los sueños son el alimento del alma. Quizá ahora te aterres al ver que hay tantas almas encerradas en burbujas de dolor y frustración, pero eso no sólo ocurre aquí. La tierra está llena de ellas, sólo que nadie las puede ver. A diario, millones de personas avanzan sin*

*la menor ilusión, lo hacen por inercia pero care-
cen de motivo para vivir. Han permitido que sus
sueños mueran. Han decidido morir. Cada vez
que logramos que una persona de estas vuelva
a creer en los deseos de su corazón, cada vez que
sembramos en su mente la semilla de la ilusión,
esos seres vuelven a sentir fuerza para vivir. De
lo contrario estarán muertos, aunque parezcan
estar vivos. Sufren mucho y la estadía en la tierra
se les convierte en un continuo dolor.*

—¿Por qué a uno no le dicen esas cosas?

Josué sonrió mientras miraba a Pablo, fijó sus ojos
en los de él.

*—Sufrimos de sordera y ceguera, hijo. En la tie-
rra hay muchos seres repitiendo estas verdades
a gritos pero muy pocos los escuchan, cada vez
son más ignorados. Es más, dentro de cada uno
de nosotros están éstas verdades. Todos sabemos
que es así, pero es que tampoco nos escuchamos
a nosotros mismos. Por eso sufrimos, porque vamos tropezándonos contra todo.*

—A nadie le gusta sufrir.

*—Es verdad, a ninguna persona la enseñaron
a sufrir. Son pocos los seres que en la tierra dis-
frutan de la felicidad, y si te giras y miras a*

tu alrededor, lo único que vas a encontrar son problemas, tristezas, frustraciones y angustias. ¿Qué puedes aprender entonces? Pero hijo, el sufrimiento no es innato a las personas.

—*¿No? —preguntó Pablo incrédulo.*

—*No. ¿Dime cómo te sientes aquí?*

Pablo miró a su alrededor observando todo con atención. En el fondo de su ser comenzó a sentir un gozo infinito.

—*Estoy feliz papá, es muy lindo estar aquí.*

—*¿Sabías que hay millones de almas que anhelan ir a la tierra?*

—*¿Por qué si aquí estamos más felices que en la tierra?*

—*Este lugar es tan maravilloso como la tierra, sólo que aquí elegimos no sufrir. Es la única diferencia.*

—*Pero tú me dijiste que si a mí no me daban la oportunidad de volver, sufrirías mucho.*

—*Sí, por lo que no hice, pero ese sufrimiento sólo sería parte de un proceso de perdón conmi-*

go mismo. Y yo tengo el poder para elegir cuan largo quiero que sea ese sufrimiento. Quizás elijo sufrir porque mi mente aún está conectada con la forma de pensar de la tierra.

—No te entiendo.

—Allá olvidamos que la perfección se logra con el aprendizaje, pero para aprender bien algo muchas veces se deben cometer errores, y sólo cuando aprendemos a corregir esos errores, a aceptarlos con amor, olvidarlos y perdonarlos, logramos avanzar. En la tierra acostumbramos quedarnos aferrados a los errores del pasado, lamentándonos, castigándonos o criticándonos por lo que hicimos.

—¿De manera que la tierra podría ser un lugar donde existiera tanta felicidad como aquí?

—Si, pero el gran reto es re-aprender, pues al llegar, en cuestión de días aprendemos las leyes del sufrimiento y el viaje se torna difícil y doloroso. Se nos olvida que la tierra es un lugar tan mágico como el resto del universo, y que allí habitan los sueños que fuimos a buscar.

Pablo miraba a su padre pensativo, sabía que tenía razón. Y si muchas almas que habitaban en ese lugar querían ir a la tierra, era porque la tierra era el lugar maravilloso del que su padre hablaba. Josué le enseñó desde las cosas más pequeñas hasta las más grandes. Así como puso en su mente la ley del amor y todo lo que ella representaba, le enseñó a conectar con los corazones del universo a través de una sonrisa, de unas palabras de aliento, de elogios y de mensajes mentales que sin duda la otra persona captaría pues todos los seres eran parte de la misma energía y estaban conectados entre sí.

Aprovechando que Pablo ya había conocido el lenguaje de las sumas, le ayudó a construir la gran suma de su vida, viviendo como vivía y a elegir si eso era lo que quería cuando pasaran todos sus días en la tierra. Pablo optó por introducir algunos cambios, consciente de que si no hacemos nada para cambiar, nadie ni nada nos podrá cambiar si cada uno de nosotros no elige hacerlo. Fue así como Pablo aprendió que aparte de la ley del amor existe la ley de la causalidad.

Es sencillo, a nosotros no se nos dio la posibilidad de hacer milagros Pablo, pero se nos dio algo que nos permite hacer algo semejante a un milagro y es el don de la causalidad. Este don encaja perfecto en el lenguaje de las sumas. Consiste en que cada uno de nosotros tiene la facultad para generar las causas de lo que quiere que ocurra en su vida. En la tierra todo se da por causa y por efecto y las personas pueden suscitar las causas que quieren que les gene-

ren algún efecto determinado, igual que cuando pretendemos llegar a un sitio apartado. Ese es el efecto que queremos lograr, pero la única forma de conseguirlo es caminando hacia allá, convirtiendo cada paso en una causa que al final, sumadas, nos darán un efecto que es el que deseábamos. Cuando descubriste el lenguaje de las sumas viste que todo está relacionado. Este momento que vives es la suma de muchos momentos en donde generaste causas para llegar hasta aquí. Es sorprendente, pero al mirar hacia atrás, se puede ver claramente el camino que seguimos para llegar al ahora. Somos el producto de un pasado en el que imaginamos un futuro que ahora es nuestro presente. Nosotros lo imaginamos, lo caminamos y ahora estamos aquí. Bueno o malo, es lo que generamos nosotros mismos.

Pablo estaba fascinado con las enseñanzas de su padre y le surgían muchas preguntas que él iba contestando con amor. Le explicó que en la vida hay cosas que parecen inevitables, pero que realmente se tornan en inevitables cuando nadie toma conciencia de que se puede evitar permitiendo así que las cosas ocurran.

Todo en esta vida ocurre porque alguien o algo lo genera. Todo tiene una causa, lo que sucede es que juzgamos las cosas desde nuestros puntos de vista ignorando cuáles son los deseos de las

demás personas. Hasta los milagros que pare-
cen estar ahí porque sí, ocurren porque alguien
los pidió y luchó para que se dieran. Todo tiene
una causa y entre los grandes dones que tene-
mos los seres humanos está el de la causalidad,
lo que quiere decir que cada uno de nosotros
puede propiciar las causas que requiera para
lograr lo que se proponga en la vida. Si miras
hacia atrás en tu vida, vas a encontrar que has
generado las causas que te trajeron hasta este
momento que vives, puede ser que no seas cons-
ciente de ello, pero así es. Tú has generado las
causas que te trajeron a este presente. ¿Sabías
eso?

Como muchas otras cosas que parecían difíciles
de aceptar, esta le parecía a Pablo muy complicada de
asimilar, aunque cuando comprendió el lenguaje de
las sumas, él se dio cuenta que todo formaba parte
de la misma cadena de causas y efectos. De cualquier
manera le parecía muy complicado controlar todas las
causas que generaba un ser humano a diario. De hecho, las personas vivían pensando en muchas cosas y
nadie tenía el total control sobre los efectos que podría atraer a su vida.

—Quizás sea complicado para una persona
que no sabe que es así, manejar el don de la
causalidad. Pero ahora que lo sabes no tendrás
excusa para no controlar lo que ocurre en tu

mente, porque un deseo es una forma de causa, y si revisas las cosas que has logrado en tu vida te darás cuenta que muchas de ellas las deseaste con todas tus fuerzas y que cada célula de tu cuerpo y cada espacio de tu mente trabajó para lograrlas; lo triste es que a veces deseas cosas negativas para tu vida y tu vida se llena de eso.

—¿Cómo puede ser eso papá? Suena absurdo.

—Es absolutamente lógico y real. Todo lo aprendemos, fíjate que has aprendido muchas cosas aquí. A este lugar llegaste volando y ni te diste cuenta en qué momento lo aprendiste. ¿Sabes cuánto tarda aprender a volar? Mucho tiempo, sin embargo no te diste cuenta de ello, simplemente aprendiste. De la misma manera, para vivir en la tierra aprendes las reglas que usan en la tierra. Aprendes a estar triste, a sentirte mal, a condicionar tu existencia, a sufrir, a maltratar, aprendes todo Pablo, desde lo más elemental. Por eso, cuando vuelvas, cada vez que ocurra algo en tu vida piensa qué lo generó y piensa con cuanta fuerza lo deseaste, aún si es algo que te genera dolor o tristeza, porque también aprendemos a desear cosas negativas para nuestra vida, muchas veces como forma de conseguir algo que creemos bueno. A veces no sabemos pedir las cosas por su nombre y entonces disfrazamos nuestras necesidades con acciones

dolorosas para buscar respuestas a nuestros llamados, sin darnos cuenta que nos hacemos daño. Lamentablemente no se nos entrena para controlar nuestros pensamientos, y por ello vamos estrellándonos contra todo en la vida, porque cada pensamiento se puede convertir con muchísima facilidad en una causa. Quizá, la mejor manera de controlar este don, es tomando conciencia de lo que quieres que ocurra en tu vida y trabajar en las causas que pueden generarlo evitando que tu mente se quede mucho tiempo libre, haciendo lo que se le antoje. De esta manera la mantendrás ocupada y lograrás poner a trabajar ese don para tu beneficio.

Pablo y Josué a veces se quedaban en silencio y se iban de un lugar a otro, recorriendo aquel lugar en donde estaban. Pablo estaba fascinado, pero pensaba que en la tierra también había cosas fascinantes. Sabía que no estaba muerto y le parecía maravilloso saber que la muerte no era más que una falacia, pues cada vez que quisiera podría resucitar al ilusionarse de nuevo.

—*Si los sueños son el motor de la vida, ¿por qué la gente renuncia a ellos o no los logra papá?*

—*Por varias cosas. La primera de ellas puede ser que no sienten que los merecen, entonces cualquier sueño que pase por su mente es elimina-*

do instantáneamente porque algo le dice a esa mente que no está bien ilusionarse con algo así. Otra razón de gran peso es que no creen que los sueños se puedan hacer realidad, es decir, eligen no creer y ya sabes que ocurre. Se les olvida que cada uno de nosotros es la prueba más grande que existe de la realización de un sueño. Hay personas que tienen muchos sueños pero no trabajan por ellos por las dos mismas razones que te he expuesto antes, falta de merecimiento, o falta de fe en que ese sueño se pueda materializar. El trabajo que se realiza por alcanzar un sueño es la muestra de cuán importante es para cada uno de nosotros ese sueño. De cualquier manera, todos los seres han experimentado alguna vez un sueño y lo han conseguido por pequeño que sea, pero eligen resignarse a una vida simple porque los deseos de su corazón no son lo suficientemente fuertes. Al final, se darán cuenta de su error, pues no lograrán brillar como corresponde brillar a todos los seres que iluminan el universo y eso les hará sufrir. Más adelante, en su existencia, se encontrarán con pruebas mucho más fuertes que la estadía en la tierra y al final, si no son capaces de hacer realidad esos sueños, simplemente se extinguirán. Hay mucha gente que renuncia a sus sueños porque han vivido experiencias traumáticas y prefieren entregarse al dolor y la desesperación. Es posible que le hayan apostado a un sueño y hayan fracasado.

—¿Y en ese caso?

—Habría que revisar los verdaderos deseos de su corazón. Cuando el corazón es aliado de la mente se obran milagros, de lo contrario, no. Así como aprendemos cosas negativas y positivas para vivir en la tierra, también aprendemos a tener contentos a los demás y nos olvidamos de nosotros mismos. En ese caso, comenzamos a desear cosas que creemos nuestros deseos, pero no son más que deseos aprendidos. A veces luchamos por hacer realidad sueños que son importantes para los demás y no para nosotros. Soñar es una cuestión de honestidad, pues todos los sueños se cumplen, propios y ajenos, pero cuando entregamos nuestra vida para hacer realidad los sueños ajenos, traemos dolor a nuestra vida. De cualquier modo, soñar es una forma de resucitar cuando se ha pasado por un momento traumático. Al volverse a ilusionar, se le inyecta energía a nuestra vida, nunca olvides eso Pablo.

Cada vez más, Pablo recordaba su vida en la tierra. De la manera más inesperada comenzó a extrañar a su madre y a sus hermanas. Sintió que había sido egoísta con ellas al abandonarlas como las abandonó, y por primera vez en mucho tiempo, sus ojos se humedecieron y lloró porque le hacían falta. Lavó su cuerpo en lágrimas por los errores cometidos y por el desprecio que le había hecho a las cosas que eran importantes para él. ¿Acaso su padre ya no era importante? Siempre sería importante, se dijo para sí mismo, pero nunca podría ser más importante que él mismo, y él eran sus sueños, sus amores, sus anhelos y todo lo que lo componía. De repente volvió a su mente la imagen del accidente, su tristeza, su rostro de derrota, su falta de fuerzas y la humillación con que permitió que terminara su vida.

Poco a poco fue dejando de hablar con su padre y se dedicaba a pensar en él mismo. Su padre lo miraba siempre con una sonrisa cariñosa y sólo le hablaba de cosas puramente importantes que Pablo iba guardando en su corazón. Un día le preguntó por qué estaba aburrido. Pablo le respondió que no lo sabía, o si lo sabía, sentía que ya no tenía que hacer nada en aquel lugar y extrañaba muchas cosas de la tierra, incluso la comida que preparaba su mamá. No sabía cómo había subsistido tanto tiempo sin esa comida. Josué sonrió mientras lo miraba a los ojos.

Seguramente estás aprendiendo a valorar las cosas que tenías allá. La comida de mamá está entre las maravillas del universo y es una forma de recibir amor divino. Las otras formas son los abrazos y los elogios sinceros. Sólo quiero que te des cuenta de todo lo que no viste al tomar la decisión que tomaste, porque así estás realizando un acto de humildad. Y ese es otro de los dones que te permitirán crecer y evolucionar. Cuando eres capaz de reconocer tus actos y darles el valor real que merecen, te vuelves grande. Reconocer un buen acto es tan importante como reconocer un error. Al hacerlo, activas a comprensión y a aceptación, logrando un equilibrio perfecto en tu ser. La humildad te permitirá ver las cosas como son en realidad, reconocer cuando necesitas ayuda, sabiduría o silencio. Cuando reconoces tus actos con el verdadero valor que tienen, activas todos tus tesoros y recibes de la vida todo lo que necesitas en ese momento para seguir adelante. Lo contrario a la humildad es la soberbia y su misión en cada ser es entorpecer su crecimiento y llevarle a cometer errores muy graves. Al no reconocer tus actos con el verdadero significado que tienen, terminarás bloqueando a cada uno de tus tesoros al punto que terminarás generando un caos total en tu vida.

Sin que ninguno de los dos hiciera nada por evitarlo Pablo y Josué comenzaron a aburrirse de estar juntos, y el aburrimiento era la primera señal de una misión concluida en la vida de otro ser. Josué sabía que poco a poco le había ido diciendo a su hijo todo cuanto se le había olvidado decirle y Pablo sentía que aquella fuerza que lo había impulsado a buscar a su padre, se iba desvaneciendo al punto que ya no lo necesitaba, era como si con sus palabras se hubiera colmado esa necesidad.

Un día cualquiera su padre se acercó a él y le dijo que ese día tendría que partir. No sabía a dónde, pero tendría que hacerlo. Pablo asintió sin decir una sola palabra, se habían dado todo y ninguno de los dos tenía miedo de retomar su vida. Josué se sentó junto a él como para hablarle por última vez y le dijo:

Ahora siento que me voy tranquilo porque creo que he cumplido mi misión contigo. Te he dicho lo que tenía que decirte y te he enseñado lo que tenía para enseñarte. Ya no me queda más para darte, pero por si acaso me faltó algo, solo tienes que pedir guía. De la misma manera que pides ayuda, luz, sabiduría y todas las cosas que necesitas para avanzar, puedes pedir guía y estar atento a lo que ocurre a tu alrededor o en tu interior. Puede ser que alguien se acerque y te brinde la ayuda que requieras o que en tu interior una voz suave susurre lo que necesitas escuchar. Todo depende de ti, acuérdate que en medio del silencio es posible escuchar todo, más no en medio del ruido. Quiero que si te brindan la oportunidad de regresar pongas en práctica todo lo aprendido, que te dediques una parte del tiempo de un día, cada día, a trabajar en ti, de esa manera evolucionarás más rápido, será como dedicar tiempo a aprender las matemáticas de la vida.

Pablo asentía con cariño, pronto se tomaron las manos y se dieron un último abrazo mientras Josué seguía hablando a su oído.

—*Mira todo lo que nos rodea, es maravilloso, ¿no? Sin embargo hace parte de un todo en donde la tierra es sólo una fracción. Lo que allá existe es tan maravilloso como lo que hay fuera de ella y sólo aprendiendo a ser feliz allá, podrás valorar lo que tendrás después.*

—*Papá, ¿qué hago si vuelvo a la tierra y me siento mal? ¿Qué hago si siento ganas de llorar o te extraño? ¿Qué hago si las voces de mi dolor invaden mi alma? ¿Qué hago si el miedo se apodera de mí y me empuja a renunciar vivir?*

Josué lo miró con cariño, le acarició el cabello, fijó su mirada en la de él y le respondió:

—*Vuelve a soñar Pablo, sólo eso, vuelve a soñar y verás que te llenas de energía para vivir. Vuelve a soñar y todo empezará de nuevo, se renovarán tus energías, tendrás ganas de luchar, aplacarás al miedo y tendrás un camino y un motivo para estar vivo. Por último, no te olvides que nunca estás solo, que hay alguien que te escucha y te guía a través de tu propio corazón. Cuando sientas que el camino es difícil, cierra tus ojos, conéctate con el universo y háblale al gran creador, Él sabe mejor que todos cómo funcionan las cosas en este universo y siempre estará dispuesto a guiarte y a ayudarte, porque somos su obra y nos ama, mucho más de lo que yo te amo a tí.*

De repente, Pablo se dio cuenta que sus cuerpos habían desaparecido nuevamente y que Josué se había convertido en una luz. Se preguntó para sus adentros si él también se habría convertido en una luz, al igual que su padre.

—Sí, eres una luz, y si me alejo de ti unos cuantos pasos te veré como una estrella, —le dijo Josué con una sonrisa.

Pablo sonrió, sabía que era así, que era el producto de lo que elegía creer en ese momento. El producto de un pensamiento. Su padre ya no habló más, pero Pablo sintió que le decía que siempre estaría ahí con él, porque él también hacía parte del todo. Poco a poco se fue fundiendo con las demás luces y Pablo volvió a ver aquella luz inmensa que se le antojó parecida al sol cuando llegaba. Era consciente que se estaba alejando de aquel lugar pero iba tranquilo, todo lo que tenía para dar lo había dado, y todo lo que debía recibir lo había recibido. Entonces comprendió que le habían dado una segunda oportunidad y eligió creer que en poco tiempo estaría tomando las clases de vuelo que tanto había anhelado y sintió que aquello era tan maravilloso como estar en ese lugar que ahora estaba abandonando. Pronto esa luz inmensa se volvió pequeña y él se quedó suspendido por unos minutos eternos en el espacio.

"No olvides que cada cosa que desea tu corazón, si está de acuerdo con los planes de Dios, vendrá a ti. ¿Pero cómo saber si está de acuerdo con los planes de Dios? Tú lo sentirás en la fuerza del deseo, pues será tan fuerte, que no descansarás hasta verlo realizado."

HABÍAN PASADO TRES AÑOS desde el día que un automóvil atropelló a Pablo cuando este se le arrojó buscando suicidarse. Habían llegado a esta conclusión porque encontraron la carta que escribió en su bolsillo, no sabían, que en verdad, todo era el producto de un accidente generado por los deseos de terminar con su vida. Pablo había entrado en coma y desde entonces las respuestas que se obtenían de su cuerpo eran nulas. Su madre y sus hermanas se habían dedicado durante todo ese tiempo a orar para que él reaccionara, pese a las advertencias de los médicos que les decían que estaban perdiendo el tiempo porque el muchacho no volvería en sí. La madre tuvo tres largos años, con sus noches y sus días, para expresar al oído de su hijo todo el amor que le sentía y lo feliz que sería si él se recuperaba. Ella se dio cuenta que había olvidado decirle muchas cosas a ese hijo que yacía en la cama de un hospital, en verdad lo amaba y no entendía porque no se lo había dicho. Todos los dictámenes médicos coincidían en que Pablo no se recuperaría, pero la fe de estas mujeres superaba cualquier dictamen, por exacto que pareciera. Cansadas de pedir a Dios su recuperación y muy agotadas física y emocionalmente por todo lo que habían tenido que vivir, una noche se reunieron con el resto de la familia para que las ayudaran a tomar la decisión de desconectar a Pablo y dejar que se produjera un paro que se lo llevara definitivamente. Pero algo en ellas les decía que estaban cometiendo un error, sólo que el dinero ya no alcanzaba, casi estaban en la ruina. En esa reunión estuvieron también los mejores amigos de Pablo y Ana. Todos se habían dedicado por completo a la causa de Pablo, buscando dinero para subsidiar los gastos que representaba tenerlo en aquel estado, cuidándolo y orando por su recuperación. Esa noche, el grupo de luchadores aceptó en medio de grandes dudas que ya no valía la pena esperar más tiempo. Tres años eran demasiado. Una vez tomada la decisión, oraron para que tan pronto Pablo fuera desconectado, se produjera su muerte de modo que no existiera más sufrimiento. Pero su madre tomó esta decisión de dientes para afuera, pues en el fondo de su corazón, le dijo a Dios que en sus manos le entregaba a su hijo y que seguiría confiando hasta el último momento en que el muchacho se recuperaría. Al día siguiente acudieron en grupo a la clínica para despedirse de su familiar y amigo. Los médicos les permitieron estar presentes en la habitación cuando se disponían a desconectarlo y entonces ocurrió lo que todos llamaron un milagro. Pablo abrió los ojos como si nunca antes hubiera estado enfermo. El deseo de todos, de volverlo a ver como era antes del accidente, se hacía realidad. En principio no reconoció a nadie y no recordaba prácticamente nada, pero en poco tiempo su recuperación fue absoluta. Todos hablaban de ese milagro, olvidándose de las oraciones de María, sus hijas y sus amigos, pidiendo su recuperación. Pablo los observaba en silencio y ante la alegría desbordada de sus seres queridos vino a su mente el recuerdo de un momento en que deseo volver mientras estaba dormido. Él sabía que los milagros ocurrían porque alguien pedía que ocurrieran.

Tenía tan claro todo lo que había ocurrido, pero no se atrevió a contárselo a nadie. Se dedicó a recuperarse físicamente y a atender unas terapias psicológicas que le sirvieron para reubicarse en el mundo, un mundo donde todo avanzaba más lento comparado con la velocidad del otro lugar.

Regresó a su nueva casa, habían cambiado muchas cosas; sus hermanas ahora eran adultas, ya no tenían los mismos novios de antes y no vivían en la misma casa de siempre porque la habían vendido para recoger dinero y pagar así la clínica. Su madre trabajaba, cosa que antes no hacía, y sus hermanas, además de estudiar, dedicaban parte de su día a realizar labores que les otorgara dinero para subsistir. Todo era muy distinto a como lo había dejado el último día que estuvo consciente. Se tenía que movilizar en una silla de ruedas pues tenía una serie de traumas físicos producto del accidente. Todo era tan diferente y le generaba tanto dolor y tristeza que Pablo comenzó a pensar que quizá no podría seguir adelante. Entonces recordó a su padre, a las hadas, la burbuja y eligió pensar que si podría.

Se acordó entonces de que tenía el control y usó el poder que guardaba en su interior para elegir lo que quería que ocurriera, pero, qué difícil era poner en práctica lo que ya sabía, qué difícil era controlar las voces de su interior, los miedos y las imágenes negativas que aparecían en su mente, sin embargo, comenzó a organizar las frases que debía pronunciar una y otra vez hasta que sus monstruos interiores se iban calmando.

Elijo creer que superaré esta situación, elijo creer que este momento pasará y yo saldré triunfante, elijo creer que mis sueños se harán realidad, elijo creer que puedo cambiar la historia de mi vida, elijo creer que puedo ser feliz y que este no es más que un momento pasajero. Elijo volver a soñar, elijo creer en un Pablo fuerte, lleno de sabiduría y luz, elijo sentirme bien conmigo y atraer el bien a mi vida.

El tiempo fue pasando y a pesar de los ataques continuos de sus voces interiores, Pablo logró seguir adelante. Volvió a caminar y retomó las cosas que había dejado pendientes en su vida cuando ocurrió el accidente. Hizo una lista de las cosas en las que elegía creer y comenzó a trabajar para lograrlas, realizó un cronograma de sueños cumplidos con el que eligió exigirse para ir construyendo cada una de las cosas que anhelaba su corazón. Llenó su cuarto de letreros en los que estaban escritas las cosas que elegía creer, de manera que cuando las voces de su interior le hablaran para hacerlo dudar, él tuviera en que apoyarse. Construyó un altar donde ofreció sus sueños al gran creador y puso allí un jarrón, llamado el jarrón de Dios y echaba allí sus miedos y sus angustias. Y aprendió a escucharse y a escuchar la voz del universo, guiándole hacia los lugares donde él quería estar. Eligió el amor para enfrentar la vida y se llenó de valor para no decaer nuevamente. Eligió creer que todo hace parte de un todo, un todo que es maravilloso, si así lo queremos ver.

Le dio poder a sus pensamientos positivos y se concentró en el día en que en un gran teatro diera su primer concierto de piano y su padre, desde su nueva morada, se sintiera orgulloso de él. Así se pasaron los años y se convirtió en un gran hombre capaz de guiar a su familia, y convertido en el pilar del hogar, le enseñó a sus hermanas y a su madre el poder de la elección para que tuvieran vidas felices. Todas eligieron el amor y formaron sus familias. María, por su parte, eligió ser feliz conservando el recuerdo de Josué y Pablo, que eligió ser grande, muy grande entre los grandes.

Un día cualquiera se dio cuenta que el sueño era una realidad. Frente a él había un teatro lleno escuchando uno de sus conciertos, en medio de la multitud estaban sus hermanas, sus amigos y María, su madre, aplaudiendo sin parar y de repente entró Josué, se posó en la silla vacía que curiosamente estaba desocupada junto a María, sonrió, y al igual que ellas aplaudió. Pablo eligió creer que era verdad, al fin de cuentas, ¿qué es cierto y qué no lo es? Al fin de cuentas, ¿cuántos saben de dónde venimos y para dónde vamos? Al fin de cuentas, ¿lo que hoy es un pensamiento mañana no será una realidad? Entonces ¿por qué no soñar? ¿Por qué no elegir un mundo mejor, lleno de toda la fantasía que quieras que exista en él?

Pablo conectó su corazón al corazón de su padre para decirle con amor, que le agradecía haberle ayudado a elegir volver a la vida, y su padre le respondió diciéndole que esa había sido una elección suya, que todas las elecciones las tomamos nosotros mismos, nadie más.

NO OLVIDES QUE....

CADA MAÑANA NOS DESPERTAMOS a una nueva oportunidad para vivir y la vida no es más que un momento de conciencia que se va más rápido de lo que podemos imaginar. Somos afortunados al estar aquí y ser lo que somos. En nuestras manos está elegir lo mejor y lo mejor es lo que nos hace felices. Sin embargo, vivimos en un mundo que parece dispuesto a negarla, a confundirla o quizás disfrazarla. Un mundo donde el dolor abunda, demostrando su poder de humillación y frustración. Lo que nos ocurre, no es más que la consecuencia de lo que hemos elegido. Cada día, millones de personas eligen odiar, matar, castigar, secuestrar, iniciar guerras, maltratar corazones y hacer cosas que indudablemente terminarán trayendo más dolor y miseria, más nunca esa tan anhelada felicidad. Muy pocos aceptan que en éste mundo hay para todos y que el paraíso también es azul como la tierra. Miles y miles de personas toman a diario la ruta equivocada y terminan metidas en un círculo vicioso, de maltrato y de dolor que nunca tiene fin. Para la gran mayoría, las enseñanzas que a diario nos entrega la vida nos pasan de largo, olvidando que lo que hoy damos mañana lo recibiremos, y que tarde o temprano ese momento de conciencia llamado vida también termina, por eso ahora que puedes, ahora que aún tienes tiempo:

Elige el amor, aunque por el amor haya que luchar y casi entregar la vida. Al final, el amor será tu mayor conquista.

Elige la paz de tu alma, aunque muchas veces llegue después de una guerra.

Elige ser luz, aunque la oscuridad a veces parezca anularte, al final, la luz se impone sobre las tinieblas.

Elige estar bien, aunque todo lo que ocurre te quiera hacer creer que todo está mal. Todo pasa, y al final, estarás bien.

Elige dar poder a las cosas buenas, concentra en ellas tus energías, tus fuerzas, tu trabajo, tu fe, y no temas que las cosas buenas también se dan.

Elige soñar, aunque los sueños parezcan muy grandes, al fin y al cabo todo empieza por un pensamiento.

Elige el valor, la seguridad y la fortaleza de espíritu, porque el triunfo es de los valientes.

Elige un buen amigo, aunque los buenos amigos sean escasos, eso sucede porque muy pocos se dedican a cultivarlos, pero si tu quieres, un día tendrás suficientes en tu huerto.

Elige la alegría y una sonrisa en tu rostro, ambas serán las llaves que abrirán todos los corazones que encuentres a tu paso.

Elige creer en Dios, el creador, aunque mirándote en un

espejo tengas la osadía de poner en duda su existencia.
Al final, Dios siempre ha sido.

Elige siempre, ese es tu mayor poder, elige todo
aquello que te haga feliz, pues la felicidad empieza
por un "yo quiero".

Elige amarte como a un ser irrepetible y digno de
amor, pues al final de cuentas, cuando tú no estés en
este mundo, ya nada importará y en el amor propio
está la clave de la verdadera felicidad.

Este libro forma parte de la colección *Letras Abiertas*. Se terminó de imprimir en octubre del 2009 en Editorial Color S.A. de C.V. Naranjo 96 Bis Col. Santa María la Ribera, 06400 México D.F. La tipografía se realizó en tipos Garamond de 12 puntos. Diseño editorial por Jorge Romero. La coordinación editorial a cargo de Sara Rubio.